中世ラテン騎士物語

カンブリア王メリアドクスの物語

Historia Meriadoci regis Cambrie

瀬谷幸男
［訳］

論創社

中世ラテン騎士物語——カンブリア王メリアドクスの物語　目次

中世ラテン騎士物語——カンブリア王メリアドクスの物語

カンブリア王[1]メリアドクスの物語に関するR[2]の序文はじまる

わたしはその文体がじつに高潔にして、機知に富んだ標題に飾られて、記憶に値する物語を書くことは価値があると考えた。よって、もしわたしがそれぞれの挿話を逐次ざっと述べたなら、蜂蜜の甘さを食傷ぎみに変えるだろう。したがって、わが読者の便宜をよく考えて、簡明な文体でこの物語を手短に語る決心をした。わたしは意味内容に欠けた、散漫な物語より、意味の通る簡潔な叙述が価値のあるものと信じている。

カンブリア王メリアドクスの物語はじまる

アルトゥールス王がブリタニア全土の王権を確保する前には、この島は三つの領域、すなわちカンブリア、アルバニア[3]とレグリア[4]に分かれていて、多くの諸王の支配下に置かれていた。そして、〈運命の女神〉は人間の諸般の事象を司るときに、これらの多くの人びとは時には彼らの支配権を手に入れた[5]。しかし、アルトゥールス王の父ウーテル・ペンドラゴンの治世下には、カンブリア王国は彼らの父の死に際して二人の兄弟へ譲渡された。カラドクスという名の兄は王権を所有したが、弟のグリフィヌスは地方の一部の州を兄から任されて治めていた。カラドクス王の王国の都であり、彼がいつも住んでいたところはカンブリア人らがスナウドン[6]（スノードン）と呼ぶ雪に覆われた山の麓《ふもと》にあった。

しかし、このカラドクス王は莫大な富を有し、驚嘆すべき勇気を持ち、素晴らしい軍隊を指揮し、大艦隊を率いてヒベルニア[7]へ侵攻した。ヒベルニアの王が殺害されると、ヒベルニアを自分の支配下に屈服させて貢ぎ物を献上させた。この作戦が首尾よく完遂すると、カラドクスはヒベルニア王の娘を妻に娶った。こうしてカンブリアへ戻ると、彼女は双子の男の子と女の子を産んだ。カラドクスが長い間王国を平穏に治めていると、年老いて時ならぬ老齢の重みに苦しむようになった。彼の疲弊した肉体の活力とその理知的な精神力は鈍麻していった。すると、これ以上王国の統治の任に当たる能力がなくなり、彼は全王国の防衛の監督を弟のグリフィヌスへ譲り渡した。カラドクス自身は狩猟やその他さまざまな娯楽に気ままに没頭して、彼は平穏と閑暇な生活により彼の老齢化を引き延ばした。

しかし、グリフィヌスは自分に委ねられた王国の防衛を入念に遂行し、賢明に管理して、彼の兄カラドクス王の助言なくして何ごとも決定することはなかった。したがって、彼は兄から大きな信望を受け、カラドクス王は弟グリフィヌスに王国のすべての権限を委譲し、彼自身は王の称号だけを持ちつづけた。

しかし間もなく、悪い疫病がグリフィヌスのなかに広がり、彼の心を素早く犯罪へと押しやった。それゆえに、彼はそれだけ一層容易に、完全なる王権への欲望に汚染された。というのは、邪悪な心の人びと——彼の兄の平和を妬む人びとであれ、あるいは変化を求める人びとであれ、あるいは他の人びとの難局を自分の利益と恐らく計算する人びとであれ、彼らはグリフィヌスに賛同して、次のような言葉で兄殺しへ駆り立てたのである——。

彼らは言った。「今まで、われわれは閣下の昇任にじつに入念に関心をはらい、われわれは閣下を名誉の頂点へ掲げる務めを果たしてきましたので、閣下はご自身の上で指揮を執《と》るあの老いぼれ（カラドクス）が、われわれを指揮するのはじつに不適切であると知るべきです。彼は今や殆どすべての判断力の機能が奪われているのは周知の事実です。実際、閣下にとって、彼に威厳において後塵を拝すると受け取られるのは、最大の不名誉と見なすべきです。閣下は同じく輝かしい高貴な血統と、より優れた体力と知恵を有しているのが知られています。今や噂が広まって、彼はある外国の強力な男を娘の結婚相手として呼び寄せ、閣下に委託した王国の指揮権をその男に委ねたいと思っていると聞いています。もし彼が申し出た結婚の条件が首尾よくいけば、閣下は彼がしかるべき名誉を閣下から剝奪し、その上先祖伝来の財産をわれわれから没収するのを必ずや思い知るでしょう。というのは、王が彼の娘との結婚によって前述の貴族の男と同盟したときは、欺瞞と奸計によって、閣下は王国の統治から除外されるのは疑いえません。たとえ閣下がその男に対抗したくても、閣下の兄はこの男の援助で閣下の努力を打ち砕くでしょう。なにゆえに閣下はこの愚かな老人をこれ以上生かしておくのですか、それゆえわれわれ（貴族階級）と王国全土の状況が危機に瀕するのが明らかであるのにですが？　しかし、それには戦いなしでことがすむでしょうか？　今は年端もいかぬが、確かな証拠により、カラドクスはやがては恐るべき勇敢さを発揮する養育中の息子がいないでしょうか？　その息子が成人に達したときに、彼の父親の元首の地位を自らに要求しないでしょうか？　もし彼が閣下の同意によりその王冠を獲得できなかったら、閣下に逆らい力で戦いその王冠を強奪しようとしないでしょうか？　こうして、市民の不和、内乱、市民の殺戮、祖国の荒廃が生ずるでしょう。したがって、その生存がわれわれに火急の危険と判断するあの男を冥界《タルタルス》(8)へ送るよう命令してください。われわれ貴族の全軍は閣下に服従するのをご覧ください。もし進言したことをせめて閣下が実行なさるならば、全王国の兵力は閣下の御意《ぎょい》のままに動きます。

閣下は大いなる努力と強烈な支持なしでは、かかる任務を企てる能力も勇気もないと申し開きなさらないように、御同意だけをお与えください。そうすれば、われわれはこの男の死について閣下には何の疑惑も生じないように、じつに巧妙にこの計画を遂行いたします。」

こういうや否や、彼らはあれやこれやの多くの欺瞞を働き、グリフィヌスの心を悩まし、ときには怯えさせて危機が迫っているかのように、またときには王国の魅力的な野望で彼を慰め、彼が兄の殺害に同意するように唆した。そのときから、彼らは提案した犯罪を遂行するためのふさわしい場所と時間を思案し始めた。そして、彼らは森へ狩りにいったカラドクスを仲間から引きはなして、奥深い森のなかで投槍を使い刺殺するのが良いと決定した。これを成就するため、その日の翌日が選ばれた。というのは、彼らはカラドクス王が狩りのため森へいく計画をしていたのを知ったからである。

実際に、カラドクス王が眠りに就いたまさにその夜に、彼は弟グリフィヌスが森のなかで自分を待ち伏せし、箙《えびら》から抜いた二本の矢を砥石《といし》で熱心に研《と》いている姿を夢にみた。それから、二人が近づいてきて、その二本の矢をグリフィヌスの手から受け取り、弓の弦《つる》を張り、思いがけず王を狙い発射したのだ。カラドクスはそれらの矢の一撃に驚き眠りから跳び上がって、実際に傷でも負ったかのように大声で叫んだ。

彼の異常な叫び声を聞いて、王妃は唖然《あ》として彼を両腕で抱え込み、彼の身体を揺すって、わが身を屈《かが》めながら、なぜかくも大きな声を発したのかと尋ねた。今でも恐怖に怯えながら、手の平を胸に押しあてながら、彼は夢に見たことを彼女に繰り返し話した。すると、彼女は未来を予言して言った。「陛下よ、ご注意なさいませ、陛下の弟グリフィヌスは陛下へ陰謀を企んでいるに相違ありませんから。なぜなら、弓矢は陰謀を予兆します。陛下は翌朝に狩りにいくことを決めましたので、森のなかに待ち伏せの場が用意されているのを知らねばなりません。したがって、今回は家に留まり、狩りの娯楽を後日まで延期することをお勧めします。」

この忠告に対して、王は答えた。「そのようなことをいうのをやめなさい。余が今までつねに愛して、じつに多くの偉大な恩恵を与えてきたわが弟が余に死の危機を企てることなどを決して信じたくはない。」

したがって、彼は王妃の忠告に従うことを拒否し、夜明けとともに、運命が命ずるままに狩りをするため森へ出発したのである。しかし、彼の実の弟グリフィヌスは実際に屈強で勇敢ではあるが、習性の邪悪で狂暴であり、流血沙汰を好む二人の貴族を選んで、彼らに決定した恥ずべき行為を成就することを委ねた。そして、彼は彼らをカンブリアの最高位の貴族にする約束をした。したがって、王家の一族が猟犬を放って、現れた獲物を追跡している間に、狩りの場合にはよくあるように、彼らは競って別々の方向へ逸《はぐ》れてしまった。カラドクス王は老衰のため追跡できずに、唯一人置き去りにされて、彼には死が迫っていた。

近くの繁茂する低木のなかに身を潜めていた二人の悪人らは、直ちに飛び出してきて、王を森の薄暗い隠れ場へさらに遠く引きつれていき、狩りの矢で王を刺して殺害した。

そして、彼らは王の傷に矢を残してその場を急いで立ち去った。それは陰謀者の謀略によるよりも、誰か狩人の偶然により起こったと信じてもらうためであった。

しかし、かくも偉大な人の死はそう長く隠すことはできなかった。というのは、直ちに、今なお血も温かい王の死体は森を歩き廻る狩人らによって発見された。大きな叫び声と騒乱と動揺が湧き起こって、角笛の合図で狩人らの一行が呼び戻された。残酷にも血の振りかかった王の屍は王宮の中央に運び込まれた。その哀れな光景は皆の涙と哀憐の情を誘った。この大罪の実行者らが捜査されたが、その疑惑を持たれる人は誰もいなかったので、真実を知るのが困難に思われた。近隣の城市《まち》を通してカラドクス王が森のなかで狩猟の最中に待ち伏せされて残酷に殺害されたという噂が広まった。すべての人びとは嘆息し、王のために絶えず悲しみ溜め息を漏《も》らした。そして、涙を流しながら、王が生きている間、彼らはこの王にいかに深い愛情を抱いていたか、その証拠を示したのである。

しかし、これらのことが起こっている間に、王妃は夫から話された夢のため、真実を過剰に推測して、彼女の寝室に閉じこもり、とめどなく涙を流し苦悩していた。彼女は王の殺害を知ると、その葬儀を遠くからじっと見つめて、堪え難い悲哀に捉われ、戦慄していた。そして、彼女の心はあまりの悲しみゆえに、息をつくこともできずに、崩れ落ちて息絶えたのである。

しかし、その間に、グリフィヌスは他の場所を遥か遠く旅していて、兄弟殺しの疑惑が彼から取り除かれるように、王国の統治を執り行っていた。王の殺害が彼に知らされたとき、彼は衣類を引き裂き、髪の毛を掻きむしり、悲しみを装って止めどなく涙を流した。しかし、悲しみより歓喜からか、その涙は流れたのであった。

したがって、カラドクス王が彼の運命に委ねられて、彼の葬儀が全臣民らの深い哀悼のなかで挙行されると、グリフィヌスは兵力と権勢により直ちに王国を奪取した。そして、貴族らが不在で知らないうちに、彼は王国の所有権を主張し王冠を戴いたのである。

人は悪行を隠蔽しようと努めれば、より一層露見するのが事実である場合が多いものである。なぜなら、罪のない王の血を流した二人の襲撃者らはつねにグリフィヌスの側にいたが、グリフィヌスは約束した悪行の報賞をつゆ知らぬかのそぶりをするだけでなく、彼らを忘却の淵へと引き渡したことが分かった。そして、彼らはグリフィヌスのところへひそかにやってきて、彼が約束した負債、つまり彼らの恭順により王座がグリフィヌスのものとなり、当然にも与えられるに値する報酬を想い起こして、その報酬を支払うように要求した。しかし、変幻自在で卑怯なグリフィヌスは自ら案出した最初の立場に気づいて、その民衆の意見を自分から遠ざけようとして、その悪行のすべてについて、さながら自分は兄の復讐者であり、その陰謀を皆目知らぬかのように、人びとの目を彼ら二人に向けさせたのである。そして、王である兄の死について、これら二人の重要人物らを公然と告発し始めた。直ちに、とある役人らを呼び寄せて、彼は叫んだ。「これらの者どもは殺人者である。これらわが最愛の兄の殺害者を逮捕して、全カンブリアの聳え立つ木の天辺から共に吊るして、彼らはわが兄の殺害という重罪の報いを受けたことを、すべての人びとに知らせるがよい。」

これに対して、これらの二人は彼を巧みに嘲りこう答えた。「お前がわれわれに約束したことを、なんと卑劣にも果たしたことか！」

グリフィヌスはこの言葉に仰天し、彼らが自分をこの犯罪の共犯者と暴露するのを恐れて、即座に彼らの舌を根元から切断し、判決が下されるや否や、彼らを処刑するように命令した。したがって、彼らは舌を切り落とされて処刑に連行されて、両国、すなわちヒベルニアとカンブリアの人びとの眺めるなかで、彼らはじつに険しい岩壁から吊るされた。しかし、処罰されんとする二人がグリフィヌスに対して暴露した言葉は聞く耳を持つ人びとには理解されて、カンブリア国の諸侯らの知るところとなった。その結果、あらゆる人びとの間で、グリフィヌスは兄殺しの嫌疑という不名誉な烙印を押されることとなった。したがって、この噂は広く知れ渡っていたので、遂行された嫌悪すべき犯罪に関して、諸侯らの秘密の集会が催された。そして、彼らの間で取るべき行動について真剣に論議された。彼らの誰もが、犯罪を遂行した二人の犯人の告発からだけではなく、われわれが前述した夢の解釈からも、グリフィヌスの犯行は疑う余地がなかった。実際、すべての人びとはカラドクス王が弟グリフィヌスの陰謀と企みによって殺害されたのが事実であると思った。その上、洞察力に優れた人びとは、もし王国内でのグリフィヌスに対する支持と彼の権力がより堅固なものとなっていたなら、彼が兄に対して遂行したと同じ――あるいは一層残酷な――運命を彼に忠誠を誓った人びとにも命令を下したことを知っていた。

それゆえに、彼らはより注意深く準備して、彼ら自身の側が強固となり、敵軍が無力化されるように、陰謀の何か重要なことを敵から隠す必要があった。したがって、彼らは会議を始めて、全員が次のように同意した。つまり、彼らはカラドクス王の幼い息子と娘をグリフィヌスから遠ざけて、娘をコルヌビア(9)のモロヴェウス王の息子と結婚を取り決めた。それはモロヴェウス王の援助をえて、王子は十歳ではあるが、父の王国で栄誉ある地位を築き、もしグリフィヌスが抵抗したら、彼に立ちはだかることができるためである。

しかし、その他の偉大な貴族らのなかで、血縁者のサドクスとドゥネワッルスが最も有力な指導者と見なされていた。すべての人びとの決断は彼ら二人の意見によって決まり、彼らが会議を主宰しているようにみえた。彼ら二人は全員の同意をもって、グリフィヌスのもとへいき、王家の子供らの後見を権利としてグリフィヌスに要求し、それを王国の諸侯らの命令であると宣言した。彼らの承諾によって、幼い子供らは彼らの保護の下で生きるべきである。彼らは子供らが成熟した年齢となるまで、子供らを擁護して養育し、この結婚適齢期になる王女と若い王子を法律で認められて戴冠し、支配の王座へ登位させるのでる。こうして、平和が達成されて祖国の未来の統一が確立した。というのは、これらの二人は王国の支配権の属する諸侯らを拘留している間は、いかなる貴族の誰もが王位の権威を敢えて自らのため横領する者はいないからである。

そのとき、グリフィヌスは内心では傷ついたが、その怒りを抑えた。そして、彼は根が狡猾ゆえに、彼の返事を遅らせ、その間に彼の努力に対して厚かましくも自分自身にとって何が有益かを予見し、諸侯らが彼の返事を受け入れるのに気を揉ませた。

それから直ちに、彼は信頼しうる使者を子供らの養育者らのもとへ大急ぎで遣わし、その子供らをいつでも都合の良い場合に、彼（グリフィヌス）のもとへ連行することを命令した。彼はその子供らを自分の権限の下に置くことを望んだのである。なぜなら、それら子供らの危険が自分に差し迫るのを恐れたからである。

しかし、幼子《おさなご》らはイウォリウス(10)という名の王の狩猟官に養育されて、モルウェン(11)と呼ばれる彼の妻が双子の幼子らを自分の乳で授乳していた。しかし、これら双子の子供らはじつに見事な美貌と魅力に恵まれていたので、人びとは実際に人間を越えたものが彼らのなかに光り輝いていると思うであろう。少年はメリアドクス(12)、少女はオルウェンと呼ばれた。

したがって、イウォリウスはグリフィヌスの命令を受けると、彼は使者が指示したように、子供らを彼（グリフィヌス）のもとへ送り、何の陰謀も疑わずに、何が企てられているかも全く知らなかった。子供らが連れてこられると、グリフィヌスは彼の共謀者らと協議を始めて、諸侯らの努力に対していかに対処すべきかと、彼らと共に論議して考えた。それから、さまざまな考えが長い間討議されると、遂に最終意見は子供らを殺害することに至った。というのは、グリフィヌスは、もしこれらの子供ら自身が諸侯らへ引き渡されたら、諸侯らはこれらの子供らの援助に支えられて自分（グリフィヌス）に対し蜂起して、王国の継承者として、彼らは自分を王位から追放するよう努めることを慎重に考えた。しかし、もし子供らが自分の下で保護されれば、それでもやはり機会が与えられるかぎり、この子供らは自分に対して父親の死の復讐をするよう尽力するであろう。したがって、彼らの意見はいずれにせよ子供らの殺害に固執したので、一方では必要に迫られ、他方では支配権の欲望に促されて、グリフィヌスは二人の子供らを殺害することを承認して、直ちに虐殺するように命令した。

しかし、グリフィヌスの目の前にいた二人の幼子らはそれを聞いたときに、悲しい声をあげて、突然に哀れにも泣き出し、彼らの叔父の足元で交互に崩れ伏し、小さな両手で叔父の両足を握りしめ、媚びへつらうように口吻《くちもと》で叔父の両足に接吻して、涙ながらに嘆願し、憐れみを施してくださるように、見るも憐れに懇願した。

誰がこれを見て涙を抑えられようか？　誰が一体かくも高貴なる生まれの養子らに、またかくも優雅で立派な幼子らが這いつくばり、慈悲を嘆願するのを見て、憐憫の情で心を動かされぬ人がいようか？　グリフィヌスも自分の甥や姪が自分の足元にひれ伏すのを見て憐れさゆえ心が動揺して、彼ら二人を企てた殺害から釈放したのである。それにもかかわらず、彼は自らの安全をよく考えると、もし彼らが無事に逃れたら、いかなる方法であれ、自分に絶えずしかるべき罪の償いを要求することを知り、彼は子供らをアルグルドと呼ばれる森(13)へ連れていき、絞首刑にするように命令した。子供らをすぐに切れる脆弱な紐で首を縛らないようにと、グリフィヌスはこの罪業を執行する十二人の男らから忠誠の誓約を受けて、彼らが殺した子供らの心臓が止まるまで、その場から決して離れないように厳命した。

こうして、これらの拷問者らは幼子らを連れて、アルグルドの森へ急いで向かった。しかし、その森につくと、彼らは二人の子供らの死を嘆き始め、何の罪も犯していない幼子らがかくも残酷な死に方をするのは人倫に悖《もと》ると言いだした。同情に駆られて、彼らは紐がすぐに切れて無事に逃れることができるようにと、その子供らの首を吊るす決心をしたのである。

しかし、その森自身のとある牧草地には、一本の樫の老木がノアの洪水の時代(14)から立っていた。その樫の大木は亭々と聳えて小枝を広げていた。そして、その樫の木の周囲は十二人の男らの両腕では取り囲めないほど大きかった。その樫の木のなかには最低部の枝まで空洞があり、その空洞は二十人の人間が十分に入れるほども大きかった。その上、この空洞の入口はじつに狭いので、膝を折って身を屈めながらそのなかへ入る必要があった。

この樫の木の一本の枝の上に、彼らはゆるく紐で結んだ子供らを一緒に吊るした。子供らは互いに面と向かい、両腕を絡ませて固く結び合っていた。わたし（作者）が言ったように、首紐が素早く切れると、子供らは咽喉が無傷で落ちて、損傷を受けないでいるためである。――というのは、咽喉が輪縄《わなわ》で吊るされる人びとは即死するからである。――彼ら自身（十二人の実行者ら）は命令されたように、首吊りされた子供らを見て対面に座っていた。

そうする間に、じつに悲しい噂が子供らの養父イウォリウスの耳に届けられた。彼は妻にそのことを話し、涙を満面に浮かべてこう言った。「しかし、わたしは必ずあの子供らを死から奪い返してやるか、それとも彼らと一緒に死ぬつもりである。」そして、彼は直ちに狩猟用の角笛を首に結び、大変に可愛がっていたドルフィヌスという彼の猟犬を連れ、妻のモルウェンと一緒にアルグルドの森へと急いだ。実際、彼は矢と剣と弓でしか武装していなかった。しかし、彼は唯一人でかくも多くの人びとに対して無防備であったので、何一つ優勢な点がなかった。したがって、彼は武力よりも健全なる戦術に訴える決断をした。彼はその森の四つの部分に四つの巨大な火を点火し、その燃え盛る火炎のなかへ、彼は持ってきた肉を至るところに投げ込んだ。そして、彼は妻と犬と共に近くの樫の木に登って身を隠した。しかし、火災の煙が森中に拡散し、その森の境界地点には狼どもが棲息していた。そこには夥《おびただ》しい狼どもが棲んでいて、彼らは肉の匂いを嗅ぎつけて、その肉の匂いに引きつけられてその方向へ群がり始めた。彼らは遠くにいる仲間らを呼び寄せるため、いつものように不吉に遠吠えをした。すると、一時間も経たぬうちに、二千匹もの狼が群がり集まってきた。

かくも多くの狼らが方々から近づいてきて、自分らが狼に包囲されるのを見ると、例の十二人の男らは恐怖に大いに戦慄した。彼らは逃げることもできず、またその場に留まる勇気もなく、皆が身を隠すため前述した老木の空洞のなかへ逃げ込んだ。

狼どもは集まってきて、大きな火炎を群れなして囲み、そのなかの肉を強奪しようと炎の塊のなかへ突進した。そのとき、イウォリウスは弓を強く引いて、その四つ炎の側にいる四匹の狼どもへ矢を放ち射抜いて負傷させた。しかし、血が溢れでると、その他のすべての狼どもはその負傷した狼どもに襲いかかり、彼らの四肢をずたずたに切り裂いた。というのは、つねに火を支配しようと競い合うのが狼どもの習性であり、彼らは群れのなかの負傷した狼を爪と牙で切り裂いた。狼どもが炎の周りで激しく争っていると、樫の老木の空洞のなかに閉じ込められた人びとは、恐怖心が大いに増大した。彼らは狼どもが彼らの状況を知って荒れ狂うと考えたからである。

このとき、イウォリウスは角笛を恐ろしい音で吹き鳴らした。そのけたたましい騒音はすべての狼どもをその場から追いやった。というのは、狼どもは弓矢や喇叭《ラッパ》の喧騒よりも恐れるものがないからである。それゆえに、狼どもは狩人らに攻撃を加えることは滅多にないのである。

それから、イウォリウスは狼どもをその場から追い払い、陣取っていた木から地面に下りた。そして、彼は十二人の男らが潜伏していた樫の老木の空洞の入口の前で巨大な火柱を上げた。その火柱の熱と煙と熱気によって、閉じ込められた人びとは死なんばかりであった。しかし、彼らはできるかぎりさらに奥の方へと向かって殺到した。それにもかかわらず、イウォリウスは絶えず火柱を一層彼らへ近づけて襲った。そして、遂に彼はその火柱をその樫の老木の空洞の入口の下まで押しつけたのである。

そのとき、彼らは半ば焼け焦げて異口同音に叫んだ。「イウォリウスよ、憐れみを！　われわれは君がイウォリウスであることと、君が子供らを救うためにわれわれにこの危機を考案したのを知っている。しかし、お願いである、火をわれわれから遠ざけて、ここから出る機会を与えてほしい。そうすれば、われわれは子供らが君と一緒に無事安全にここから立ち去ることを約束しよう。」

これに対して、イウォリウスは答えた。「それでは、出てくるがよい。」そして、イウォリウスは火を脇に移動して、彼らに外へ出る機会を与えたのである。

しかし、前述した空洞への出入り口はじつに狭く低かったので、たった一人が出入りするにも、彼は膝を屈して頭を下げねばならなかった。こうして、外へ出る許しが与えられた。たった一人だけが四つん這いで外へ出てきた。その男が首を出すや否や、イウォリウスは外で洞穴の側に立ち、剣を抜いてその男の頭を切断した。そして、その切断された死体を外へ引き出して叫んだ。「さあ、急いで！　そこから出てくるがよい。なぜぐずぐずしているのか？」したがって、一人ずつ皆が出てきた。次々に出てくると、イウォリウスは彼らの首をそのつど刎《は》ねた。

これらのことを行うと、イウォリウスは今や殆ど半日もの間吊るされていて殆ど意識のない子供らを下に下ろした。彼は食べ物を与えて子供らの僅かな生命力を蘇生させた。それから、彼は子供らと彼の犬ドルフィヌスと妻と一緒に、エレウェンタナの森[15]へ逃げ込んだ。というのは、彼はグリフィヌスが激怒ゆえに、帰郷することも王国のどこかに長く身を隠していることを恐れたからである。

その森のなかには、「鷲の岩壁」と呼ばれるじつに険しい岩壁が突起していた。その岩壁の上で四羽の鷲がつねに巣を作っていて、彼らの顔をいつも四方の風に向けていた。そして、この険しい岩壁のなかには、じつに大きな広間と、じつに美しい部屋と、岩に掘られたさまざまな部屋があり、それらは驚くべき構造をしていて丸天井にも似ていた。昔それはキュクロプス[16]の棲み処《か》と信じられていたが、そのとき以降は誰も殆ど見ることはなく、その森の人跡未踏のじつに鬱蒼とした内奥に隠れていた。イウォリウスはこの子供らをつれてこの岩壁の建物へ向かった。そして、彼は知らぬ間に五年間もの間そこに逗留した。彼が狩りで調達した野獣の肉は彼らに食料と飲料水とを与えた。彼らは木の実や森の果実やその他の木の実をその場で見つけることができた。秋に収穫し保存した野生の植物は冬場の食料として役立った。イウォリウスはメリアドクスと共に狩猟と野鳥狩りを毎日励行していた。しかし、彼の妻モルウェンは少女オルウェンを連れて木の実や野草の収集にいそしんでいた。

しかし、煮ることができる火や容器がないのに、どうして肉を食べるため供給するのかと疑問に思うかもしれない。たしかに、彼らは森の追放人らのように、生活の糧として肉を料理する慣わしであった。というのは、この種の人びとは盗賊や罪を犯した祖国からの追放者であり、今や彼らは正常な生活様式から遠ざけられて、森や林の隠れ処《が》に絶えず数多く集まる。しかし、彼らは料理に必要な容器も食料も欠いている。彼らは、柴と枝の束から大きな薪の山を作って、火打石で大量に火を熾《おこ》した。そして、これが燃え尽きると、彼らはそこに好きなだけ多くの岩を投げ入れて熱した。そうする間に、他の人びとは大地を掘り起こし、大きさの異なる一対の穴を用意する。それらの穴の一方は深く広く、他方は少し狭くより深いものであった。このように、二つの穴は手つかずの半フィート（約六インチ）の土地の間隔が二つの穴を隔てるように配置される。しかし、その土地の間隔を通って、排水路が大きな穴からより浅く小さな穴の方へ傾斜して走っていて、それは一種の弁か栓（杭）で閉じられる。それから、水は大きな穴を満たす。彼らは肉を料理するため小さな穴のなかに置いて、至るところ緑の葉でその肉を包み、小さな穴で茹《ゆ》でる支度をする。そして、彼らは再び葉で肉をすっかり覆い包む。これがうまく整えられると、彼らは炉のなかで既に火花を散らす木の塊《かたまり》を水の満ちた穴のなかに転がし落とす。これらの熱によって、その水は熱くなるだけでなく、沸騰して噴出する。そして、前述の弁が取り除かれると、水は食物のある穴のなかへ流れ込む。この方法で茹《ゆ》でた肉が十分に引き出されるまで、じつに長い間行われるのである。(17)イウォリウスもまたこのような方法で肉を料理して、彼らのためにじつに感謝に値する美味しい食物を提供したのである。しかし、彼らがそこへ纏ってきた衣類が擦り切れると、彼らは自ら葦の衣服を織り、木々の葉を縫い合わせた。

五年の月日が過ぎ去ったある日のこと、彼らはいつものように森をぶらぶら歩き廻って入念に調べているとき、少女を連れたモルウェンはイウォリウスのもとから遠く離れていた。見よ！　アルトゥールス王の執事カイウス（ケイ卿）を伴い、ウリアヌスが道の真ん中で彼女らと遭遇した。ウリアヌスは実際スコティア(18)の王であり、彼はアルトゥールス王の宮廷を訪れてきたのである。カイウスはアルトゥールスの命令で自分の王国へ帰るウリアヌスを護衛していた。彼らは一緒に道を急いでいると、近くで一人の若い女性に出会った。すると、カイウスは互いに別れを告げて戻っていった。

しかし、ウリアヌスは辿ってきた道を進んでいった。彼はその上品な姿の少女を熟視し、いまだ見たこともないたぐい稀なその美貌に魅かれて、彼女への愛の炎に燃え上がり、ウリアヌスは馬の向きを変えた。そして、彼はいたずらに抵抗するその少女を馬の上へ引き上げた。彼女の乳母が泣き叫ぶのを置き去りにして、ウリアヌスはその乙女を彼の祖国へ連れ去ったのである。

カイウスもまた狭い小道を辿り戻っていった。すると、カイウスは狩猟の獲物を沢山積んだイウォリウスとメリアドクスに遭遇した。カイウス自身はその若者の比類ない美貌に驚嘆した。というのは、彼は金髪の美男であり、背は高く胸幅があり、また痩軀《そうく》であったからである。それゆえに、カイウスは今や二人の逃亡者らの後を追って、彼の馬を疾駆させた。彼はイウォリウスを恐怖に慄《おのの》かせた。こうして、カイウスはメリアドクスを捕らえ、大いに歓んで一緒に彼をつれて帰ったのである。

しかし、イウォリウスはメリアドクス少年を奪い去られて、悲嘆に暮れて彼の洞窟の棲み処《か》へ戻っていった。そこには、彼の妻が同じように悲嘆に打ち拉《ひし》がれているのを発見して、彼らは互いの身を襲った危機を語り合った。このような不幸の悲しみは二人の心をひどく苛《さいな》んで、子供らを失った後二年の間も癒されぬ悲哀で彼ら自身を責め苛んだ。そして、彼らはその場所に食料や飲み物に大いに事欠いて、二人寂しくその場所に暮らし続けた。

さらに二年の歳月が過ぎ去ったある日のこと、二人は互いに大声で嘆いて、多くのことについて意見を交わす間、妻（モルウェン）は言った。「なぜわれわれはここに暮らすのでしょうか？　われわれは子供らの生命を守るため、ここへ逃れてきて、今までここに留まっています。しかし、その子供らが奪われて失ったのに、われわれはこれ以上ここに留まる必要がありましょうか？　もし子供らが連れ去られた方向を探し求めて熱心に追跡するなら、何か計画を立てるのが賢明と思います。〈運命の女神〉がわたしから奪われた娘（オルウェン）をどこかで見つけたい願望を叶えてくれるまでは、わたしが進んでどんな任務に専心しても、心の平穏を決して得ることがありません。しかし、わたしは彼女が北の方向へ連れ去られたのを知っています。というのは、少女を誘拐した男と同道していた騎士が彼と別れるとき、あの騎士はスコティアの彼のもとへいくと約束し、彼自身に別れを告げて、ウリアヌスと彼の名前を呼んでいました。」

イウォリウスは言った。「わたし自身は王の狩猟人の職務でアルトゥールス王の宮廷を頻繁に訪れ、そこでわたしは王の執事カイウスを見てよく知っている。わたしは彼が少年メリアドクスをわたしから奪い去ったことを信じて疑わない。もし偶然にも神意がわれわれの悲嘆を憐れんで、少年をどこであれ見つけられるなら、わたし自身もいざそこへ（宮廷）いこうと思う。」彼らはこう言って泣きながら互いに接吻して、それぞれ互いに別々の道を辿っていった。

したがって、モルウェンはスコティア（スコットランド）への道を急いだ。そして、ウリアヌス王がオルウェン嬢を自分の妻に娶って、壮麗な婚礼を行っていたその同じ日に、彼女はスコティアに到着した。というのは、今やオルウェンは結婚適齢期に達していたからである。彼女は誕生日がくると、彼女自身がそれを述べて、ウリアヌス王へはっきりと知らせた。荘厳ミサが執り行われて、王妃オルウェンが目を奪うばかりの衣装に飾られて教会から宮廷へ帰ってくるとき、モルウェンは施し物を求めて集まった貧者らの群衆のなかに紛れ込んで入念に見つめていたが、モルウェンは彼女にはまったく気づくことができなかった。というのは、衣装が大いに変わってしまうと、その人の顔を認識できないことがよくあるものだ。しかし、王妃は貧者らの群れの間に立って、つねに困窮した人びとに好意を示し、彼らの貧困を自分の富で補完するという尊い習慣を培っていた。そうする間に、彼女の慈悲の視線の方向が変わると、彼女は不意に彼女の乳母の方へ向けて、彼女を凝視して、乳母のモルウェンであることを知った。王妃は彼女をじっと見つめるや、あるときは過ぎ去った昔の悲痛で満たされ、またあるときは今現在の歓喜で心から消え去り、彼女は直ちに顔面が蒼白となった。彼女はわれを忘れて、凭《もた》れていた諸侯らの手のなかから大地へ崩れ落ちた。

貴族らや諸侯ら、それに周囲を囲むすべての人びとは唖然として王妃に急いで駆けよった。ウリアヌス王自身も傍《かたわ》らにいて大変に心配して、彼女を抱え起こし何が起こったのかと尋ねた。王妃は答えた。「ご主人さま、大いに自らを犠牲にして、このわたしを死から救い、成人の年齢まで養育してくれた女性がわたしの目の前にいるのを目撃したなら、わたしが顔色を失い卒倒しても、びっくり仰天するのも驚くに値しません。わたしは最愛の妻と思われ、無上の愛でこのわたしを愛しているかを、陛下は彼女にお見せできます。なぜなら、いかなる利得や名誉であれ、陛下がこの女性に授けるものは、このわたし自身に授けられるよりも、わたしは一層有り難くお受けいたしますことを、どうかお知り置きください。」こうして、貧者らの真ん中から彼女の乳母を呼び寄せて、涙をいっぱい目に溢れさせながら、彼女の両腕でその乳母を抱いた。そして、乳母は葦の葉で織った衣装を身に纏い、ウリアヌス王の前に立った。しかし、ウリアヌスは彼の妻の寛大さを称賛して、モルウェンを部屋へ連れていき、最高の衣装を身に纏うよう命令した。こうして、すべての必需品を手に入れて、王は彼女を王妃と共に留まらせた。

そうする間に、イウォリウスはアルトゥールス王の宮廷に到着すると、そこでは宴会が催されていて、宮廷の門は宴会のときには決して閉じられることはなかったので、彼は皆の見世物となって王の大広間へと入っていった。というのは、彼は途方もなく背が高く、厳めしい容貌で髭を生やし、髪の手入れさえしない男であった。そして、彼は葦の葉で織った衣服を纏い、脇に剣を帯び、首に狩猟の角笛をさげ、手には弓と矢をにぎり、偶然に遭遇して狩猟した、じつに重く巨大な死んだ牡鹿を肩に背負っていたからである。宮廷に入ったとき、彼は微動だにせず長い間立ち止まって、大広間のあちこちで食卓についているすべての人びとを鋭い視線で吟味し始めた。それは偶々彼らのなかに、自分（イウォリウス）の正体を知る誰かがいるか否かを探るためであった。しかし、彼は以前から知っていた王の執事カイウスを除いて知る者はいなかった。よって、彼はカイウスを見ると、他のすべての人びとを通り過ぎて、速やかにカイウスの食卓の前に近づき、彼に挨拶をした。そして、彼は実名を名乗って、自分の正体を明かして、彼の贈り物を軽蔑し受け取りを拒否しないように繰り返し要求し、カイウスの足元にその牡鹿を置いたのである。

しかし、イウォリウスが入ってきたときに、メリアドクスは他の人びとと一緒に食卓に座っていた。彼はイウォリウスを見たとき、彼が誰であるかを見誤ることなく、直ちに両足を揃えて食卓を跳び越えた。メリアドクスは満面を涙で満たし、彼の両腕のなかへ飛び込み、「自分を死から解放した生命の恩人」とイウォリウスに大声で叫んだ。それから、彼と一緒に執事のカイウス卿の前へ近づいて、イウォリウスが自分のため果たしたすべての善行について言及して、彼はその善行をカイウス卿の慈悲により報われるに値すると、跪拝して嘆願した。

しかしながら、カイウス卿は彼の正体をよく知っていた。実際、イウォリウスはかつて何度か狩猟人としてカイウスに仕えたのである。しかし、特にメリアドクスの信望のおかげで、カイウスはイウォリウスを自分の管理下に引き留めて、彼（イウォリウス）が必要としたものを豊富に与えた。

これから間もなくして、執事のカイウスはウリアヌス自身に約束したことをわれわれは記憶しているように、イウォリウスとメリアドクスを同伴して、スコティア王国へ出発した。というのは、アルトゥールス王の下で戦争の緊迫した障害につねに阻まれて、彼の約束に従ってその地へ出発することをそれまで準備できなかったのである。

こうして、彼らはスコティアのウラニウス王のところに到着すると、あらゆる想定を超えて、イウォリウスは彼の妻が、メリアドクスは彼の妹が、それぞれ健康で無事に元気であり、大きな名誉と敬意を受けているのを発見した。

この結果、どれほど大きな喜びが彼らに湧き起こり、またこれにより過去を癒す救済策がいかに有効に起こったかを、彼女らの実情から、（読者は）判断できるであろう。というのは、長い間離れ離れで嘆き悲しむ両親や友人にとって、遂には彼らが互いに無事であるのが分かることや、大いなる努力の末に安らぎを発見し、また貧困と悲惨が富や栄光へ変わるのを見ることほど、より大きな歓びがあるであろうか？　したがって、その歓びはすべての人びとに共有されるのである。彼らは偉大なる〈運命の女神〉の恩寵により、その歓びはじつに多くの日々の間長く続いて、過去の悲しみはそのあまりの歓喜で軽減されるものである。

しかし、彼らがその場（ウリアヌスの宮廷）に留まっている間、彼らは自分らの父親のみならず、彼ら（兄妹）自身に対して卑劣にも苦しめた彼らの叔父のグリフィヌスの悪行を多くの言葉で言及し始めた。そして、もし彼らが何らかの方法で叔父の悪行に報復する力があるなら、彼らは進んで行動を起こすであろう。しかし、彼らはアルトゥールス王がグリフィヌスを支持して、グリフィヌスがアルトゥールス王の支配下で暮らしていたのかを知らなかったので、もしアルトゥールス王の同意と援助なくして、彼らが叔父に対し何らかの行動を企てたとしても、彼らは成功の見込みが微塵もないことを知っていた。

したがって、彼らの共通の意見と熟慮により、適当な時間を見計らい、グリフィヌスに対して訴えるために、アルトゥールス王の前へ出向いた。彼らは王に敬意をもって迎えられると、やってきた理由を涙ながらに訴えて、グリフィヌスが自分たちに行ったさまざまな悪行を順序立てて話した。そして、彼らは王がグリフィヌスのこのような大罪に復讐する許しをお与えてくださるように、跪きひれ伏して要求した。アルトゥールス王が今は亡きカラドクス王の高潔さと叡知を記憶に留めていて、グリフィヌスの前代未聞の悪行をひどく嫌い、定められた日に王の法廷に出向いて、彼に負わされた兄弟殺しの訴訟の弁明をするため、直ちにグリフィヌスに使者を遣わした。

グリフィヌスはこれまで殺害を命令した彼の甥や姪がその殺害を逃れたという噂が広まっているのを聞いていた。この男は彼の甥や姪に対して起こした犯罪の罰を受けずには済むまいとつねに思っていて、彼は適切な地に城砦を建造した。そして、彼は激戦に備えて歩兵と食料でその城砦を十分に防備した。彼はカンブリア人がスノードンと呼ぶ冠雪の山を、他の場所より安全な場所として懸命に要塞化した。そして、彼はこの要塞を妻や子供らと共にすべての住民と彼らが簒奪して調えたすべての家財道具のために、いわばその避難所として築いたのである。グリフィヌスはこれらの準備万端な状況に自信を持ち、アルトゥールス王から自分宛の使者の命令に対して、自分は王の法廷へは決して行かないと返答した。アルトゥールスはこの返答にひどく激怒して、スコティア王ウリアヌスと一緒に軍隊を編成して、グリフィヌスと対峙してそのスノードンへと北上していった。

実際、グリフィヌスはアルトゥールスがくるのを知ると、カンブリアが侵略されるすべての道の横断を既に遮断して、唯一本の道だけを放置していた。そして、その道の両側には大きな絶壁がそそり立って、その一本の道は隘路で囲まれ一度に一人の旅人しか通れない険しい道であった。グリフィヌス自身も武装兵の部隊に支援されてこの峠の道を見張っていた。

グリフィヌスはアルトゥールス王が懸命に通ろうとしても、どこにも他に通過する出入り口を見つからずにいると、彼は王を攻撃して容易に撃退したのである。アルトゥールスが途方に暮れて、侵攻するのに手間取っていると、サドクスとドゥネワルス(19)(これらの二人の諸侯らは前述したようにグリフィヌスに二人の子供らを請求した者らである)は王国の他の地域からじつに多くの勇壮な兵士らを急遽集めて組織し、グリフィヌスへ反旗を翻した。そして、二人の騎士らは彼の領土へ突如侵入し、炎と剣によによって大混乱をもたらし、老若を問わず殺戮して誰も助命することなく、至るところで略奪した。グリフィヌスは使者からこのことを知らされると、彼は身の危険に瀕する人びとを救援するため懸命に立ち向かい、占拠していた無防備な渓谷を去って、既述の二人の諸公らに対して彼の軍隊を差し向けた。

このように、入り口が開いて、アルトゥールスが自由に動けるようになると、彼は直ちに全軍をあのスキュラ[20]のような隘路を突破させて、グリフィヌスを険しい岩山に建設された要塞まで追跡して包囲し、周囲に堡塁を建造して攻撃をし始めた。すると、グリフィヌスの兵士らも勇敢に応戦して戦列を立て直した。これらの攻撃は絶え間なく城壁の外で行われた。反対側から、アルトゥールスの兵士らは敵兵らに対して毎日奇襲を見舞った。いざ、（読者は）槍や投石が遠くから投擲され、兵士らの衝突や白兵戦が激烈化し、敵対する隊列が接近して敵に襲撃して相互に殺害し、戦闘が最大の危機で行われたのを見て取れよう。

しかし、アルトゥールス王はその場の状況をより入念に調査すると、その本質自体が防御壁なくとも堅固に防備されているのを知った。というのは、一方ではその山の側面の傾斜自体のため登るのがじつに困難であり、また大変な高所に建造されているので、飛び道具を放ってもその要塞の天辺に殆ど達しないからである。彼らは包囲によって城市を略奪するに要する猶予を考慮すると、彼（アルトゥールス）は彼ら（敵）をより強烈でより優勢に攻略することを決定した。したがって、彼は彼ら敵の出撃を抑制し、もし武力で不可能ならば、彼らを兵糧攻めで降伏させるため、その城砦の壁の前に深く広い濠を掘ることを指図した。次に、周囲の森で木を伐採して、至るところにより高い堡塁群が築かれ、そこから多くの投石がなされ、飛び道具が投擲された。

グリフィヌスはこの狭められた包囲戦を見て、すべての事態は勇敢さ次第にあると気づいて、彼らの攻城用具に一つずつ全力で反撃した。それは、もし自分がいずれにせよ敗北を喫したら、決して臆病の成せる業《わざ》にされないためであった。彼は飢餓だけを除き武力では降伏すべきでないと考えた。そして、そのことが実際に起こった。というのは、彼はまる三年間も征服しがたい敵軍につねに抵抗したが、遂に征服者らのなかの勝ち誇る過度な飢餓が彼を襲ったのである。この飢餓こそがどんな兵力よりも素早く強壮な人びとの心を挫《くじ》いて降伏へ駆り立てるものである。

これ以上何をか言わんか？　飢餓の疫病に襲われて、グリフィヌスはやむをえず、アルトゥールス王の同情に身を委ねた。しかし、彼の諸侯らの裁定なしでは、アルトゥールスは彼に対し同情を示すことを拒否した。したがって、アルトゥールス王の命令で、諸侯らは裁決に集まった。彼らの判定は彼に極刑を宣告した。というのは、彼がこれ以上長生きするのはすべての人びとに不当であると思えたからである。彼が兄やその子供らである甥や姪にかかる大罪を犯したのは周知の事実であった。それゆえに、判決が下されると、彼の罪の復讐者たる主なる神によって、グリフィヌスは斬首された。

こうして、グリフィヌスが当然の代償で罪を償った後で、アルトゥールス王の同意の下で、全カンブリアの最高位の諸侯らはメリアドクスの統治に服従した。しかし、彼自身は高潔な若者として花咲ける青春時代に騎士道の修行を体験しに赴いて、頑健さを鍛錬する方が家にいて無為をかこつより、一層誉れ高いことと思って、彼の妹の夫であるスコティア王ウリアヌスを訪れた。そして、彼が熟慮していたことを打ち明けて、彼はカンブリア全土をウリアヌス王の保護下に委託した。そして、二人の間には次のような条件が誓約された。つまり、彼自身が騎士道に精進することで、自由でありたいと思うかぎり、その間はカンブリア王国をウリアヌス王の管理下に置くということである。しかしながら、彼が無事に戻ってきたときには、もし彼がそう望むなら、王国は父祖からの法により、しかるべく彼に返還されるであろう。しかし、彼はどこの国へ向かうかはいまだ決めていないので、彼が企図した任務を遂行するため、どこへ向かうかを決定するまで、その間はアルトゥールス王の宮廷に留まった。

アルトゥールス王はこのときしばらくの間、戦争の騒乱から解放されて城砦都市に逗留していた。王にはよくあることだが、彼がこの都市にかなり長い間滞在するたびごとに、つねに何かじつに重要な出来事が起こったものである。そのときもまた、そのようなことが起こったのである。というのは、「黒い森の[21]」「黒い騎士」（Niger Miles de Nigro Saltu）と呼ばれるある騎士が彼の宮廷にやってきて、その「黒い森」は自分の所有物であり、それは自分の管理下に置かれるべきで他の誰のものでもなく、アルトゥールス王は彼の偉大な権力を誇示して、その森を自分から奪い取ろうと努めていると誓った。

これに反論して、王は前述の「黒い森」は少なくとも彼の権限の下にあると答えて、次のようにその証拠を述べた。つまり、「彼の父ウーテル・ペンドラゴンはかつて種類の異なるこの森に棲む二頭の黒い猪を飼っていて、その森に放牧されているすべての豚の大群はこれらの二頭の黒い猪から育ったのである」と。

これに対して、「黒い騎士」の返答はこうであった。つまり、「今述べた黒い猪どもが王のものとは決して認め難いが、もし王が『黒い森』の所有と管理を正当に許されるなら、そのような契約で、自分は王にそれらの豚を自由に捕らえる許しを与えようと思う」と。

彼は言った。「とはいえ、おお王よ、もしこの問題の解決について法廷論争による認可が必要であるなら、裁判の判定は当然このわたしに賛同するように思える。

わたしはこの「黒い森」自体の効果により、父祖の黒色に満ち溢れているのだから。そして、わたしの名前の黒い森の「黒い騎士」はその「黒い森」の名に由来している。」

こうして、彼ら二人の間には互いに誹謗の原因と論争が起こった。しかし、論争によって結論が出ないときは、騎士は非難して激しく迫り、王もまた彼の非難をさらに大胆に反駁しようと努めた。そして遂に、王と騎士の間で平等に口授して論争を減少し、両者に口授される平等さに強制的に従うため、この問題は王の諸侯らの審議による裁定に委任された。しかし、黒い森の「黒い騎士」は、彼らが自分の利益のため進むより、王をより贔屓する裁決を下すのを疑わなかった。それゆえに、黒い森の「黒い騎士」は他人の疑わしい裁定に委ねるより、自分の訴えを自分自身の力で判定する方がより健全で適切であると見なした。というのは、彼は審判人らが公言した審判は何であれ、それは正式に確定し動かし難いものであるのを知っていたからである。

それゆえに、彼はすべての集会の中央へ突進して言った。「おお、王様！　わたしは陛下がこの訴訟問題でわたしの反対側を擁護するのが分かるので、わたしは敢えて彼らの裁定には委ねません。わたしは彼らが疑いなくわたしに不利で、陛下にはより有利になるように裁定するであろうことを知っているからです。その理由から、わたしが提訴する件で先入観（偏見）を招くのを恐れるので、わたしは陛下が選んだ四十人の人びとと、わたしの力である決闘[22]を申し出ます。そして、陛下は黒い森へ決闘を行うためこれらの人びとを一人ずつ四十日間連続して送ってくるのです。もしわたしが彼らを圧倒することができれば、同時にわたしは訴訟でも優勢となるでしょう。しかし、もし一度でも倒れることが起これば、わたしの訴訟も敗れます。」

彼が言ったことは王とその他すべての審議者らを大いに喜ばせ、全員はこの提案に賛同して、アルトゥールス王のかくも多くの強力で訓練された騎士らに対し敢えて一人で決闘を挑むこの男（黒い騎士）に少なからず驚いた。黒い森の「黒い騎士」は実際に若かったが、どんなに優れた騎士は誰でも決闘を恐れるものである。

したがって、決闘が宣言されると、その時間と場所が決定され始まった。その決闘を実践するため、アルトゥールス王の騎士団から毎日一人の騎士が差し向けられた。しかし、彼らは皆次々に攻撃を受けて、その黒い森の「黒い騎士」に打ち負かされ、完敗して、彼の下に捕虜となって王のもとへ送り返されたのである。そして今や、四十日の日時が凶兆のうちに瞬く間に過ぎ去り、あと三日しか残っていなかった。

アルトゥールス王は彼のじつに屈強な騎士らが一人の男に敗北を喫したことにあるときは恥辱で、またあるときにはこの訴訟から生ずると思う損失に過度に悩んで、彼の執事カイウスを呼び寄せて、彼にこう言った。「わが心は耐え難き不安に苛まれ、相矛盾する考えに引き裂かれて、心の平安を十分に享受しえないし、現在わが心に忍び寄るいかなることも、これほどに不名誉なことはない。というのは、見よ！　余が決闘に遣わしたかくも多くの名高い練達の騎士らが、ああ哀れにも！　一人の〈黒い〉騎士に制圧され、かくも多くの頑強な男らが不名誉にも唯一人の男に彼らの力が削がれ不甲斐ないこととは！　彼らは余のためにこの決闘を請け負うよう任命されたのである。彼らが敵に攻略されるたびに、余はその敗北に狼狽するのだ。そして、このような祝祭的な出来事は今まで至るところで行われて、わが騎士団のある者はその他の千人もの騎士らに優るのが慣わしであったが、今は逆に〈運命の女神〉の令状が裏返しとなり、彼らの千人の騎士らが唯一人の騎士に対抗できないでいる。」

「それゆえに、わが軍団の強者《つわもの》らが勇敢さを欠いて敵に屈服して、約束の四十日が迫りきて、僅かに三日しか残っていない。よって、少なくともこの三日間でわれわれの恥辱と同時に損失の累積を償うため、積極的な計画を実行せねばならない。それゆえに、余は君が明日決闘を開始するため出発する必要があると見なした。余は君が勇気と思慮深さで多くの場合に他の人びとより優れていることを知っている。そして、他の人びとが失敗するときには、君の任務はつねに余のために艱難辛苦の労苦を引き受け、また戦友らが苦しめられ追い立てられたときには、彼らに援助の方策を差し延べるのが君の務めでもある。もし敵の勝利の右手が他の人びとをこの同じ決闘で果たしたように君を圧倒したならば、本当に余の甥ワルワニウス（ガウェイン）がその翌日には彼と決闘をする運命となろう。そして、もし同じ不運が最後の日に彼自身を沈めたらなら、余自身が彼との決闘へ出向くであろう。そのときこそ、余は面目を潰してすべてを失うか、あるいは必ずや力強く「黒い森」の支配権を余のものと判断するであろう。それゆえに、いざ行き給え、そして、君は明日の黎明時に、十分に覚悟して、決闘の準備をするよう配慮するがよい。」

カイウスは答えた。「かかる冗長な弁舌はわたしが陛下の心中を知るには必要ありません。陛下は前もって描かれた戦術は今も有効であるのをご存じのはずです。わたしは覚悟して最善を尽くし、この任務を成就するよう心掛けます。」それから、彼は直ちに立ち去り、彼の友人らとひそかに会って、彼はいかに巧妙にして優雅に、そして勇敢に、この決闘を彼らと共に完遂するかを慎重に考えた。

今や三年前にこのカイウスにより見事に騎士に叙任されたメリアドクスがこれを聞いたとき、彼はカイウスに近づき、彼が聞いたことが真実か否かを尋ねた。これにカイウスは本当であると答えると、メリアドクスは機会をみて、自分がカイウスの代わりに黒い森の「黒い騎士」と決闘するのを許してくださるかと尋ねた。そして、彼はカイウスがじつに多くの高潔な騎士らを明らかに打ち負かしたあの「黒い騎士」と決闘するのはじつに不適切であり、カイウスの名誉には決してならないと言った。なぜなら、他の人びとより一層勇敢と今まで思われてきた人自身が万が一にも敗北して、敗者らと同じ運命に遭遇したら、カイウスは本当に他の人びとより大きな不名誉に晒されるからである。今や他のすべての人びとの復讐を果たすために、メリアドクスはこの決闘のために選ばれた。実際に自分自身について、メリアドクスは、もし自分が敗北しても、あれこれ弁明をする必要がないと主張したのである。しかし、もし自分が頻繁に凱旋したその勝者に偶然にも勝利することができれば、自分自身のためだけでなく、カイウスのためにも称賛の喝采を浴びるであろう。なぜなら、一人の騎士の勇気と武勇はその主人(指導者)の名誉と栄光でもあるからである。

しかし、カイウスはメリアドクスが自分(カイウス)の言葉から、この決闘を申し出たのだが、メリアドクスの若さゆえの騎士道の未熟さを考えて、カイウスは自分が幸運であれ、負傷を負ったであれ、戦いを生き残るのに慣れているため、メリアドクスをかかる大きな危険には晒したくないと答えた。しかし遂に、カイウスは前述したことごとや、その他多くの理由から、とりわけ彼の若さゆえの勇気に感動して、メリアドクスの願望に同意した。そして、カイウスは彼が任務の遂行に精励し、恥辱を蒙るのではなく、皆の称賛の誉れを浴びるように彼を大いに激励した。

したがって、メリアドクスはその日の暁闇ごろにしかるべき武器を装備し、馬に乗って黒い森へ出向いて、馬が息切れして弱らぬように、適度な歩調で進んでいった。

しかし、その黒い森を広大で深い川が囲んでいて、アルトゥールス王の領土と森自体の境界を成して分割していた。この川へ到達すると、メリアドクスは馬から下りて、馬の轡《くつわ》を外し、暫くの間馬を新鮮な草で元気を恢復させた。次に、メリアドクスは馬の鬣《たてがみ》を梳《す》き、その肢体を綺麗に優しく手入れをして再び鞍を置いた馬に跨った。

彼は渡る浅瀬(23)(vadus)を発見すると、他の人びとが前にしたように、角笛を吹き鳴らした。それは黒い森の「黒い騎士」が彼と決闘する騎士が到着したことを知らせる合図であった。しかし、黒い森の「黒い騎士」は角笛の音に気づくと、直ちに武器を引っ摑んで馬に跨り、全速力で馬を駆ってメリアドクスを迎え撃ち、その浅瀬の真ん中を横断する彼を襲って激突した。しかし、メリアドクスは馬に拍車を掛けて、彼の長槍を斜めに構えて、その「黒い騎士」に正確に狙いを定めた。そして、彼(メリアドクス)はその光り輝く槍の鉄具をその男の咽喉の下に撃ち込んだ。しかし、その一撃は敵の疲れを知らぬ剛力の右手で回避された。そして、彼は敵をよろめかせて、体勢が整わぬ間に攻撃をするように計らい、巧妙に敵を横へ向かせた。間もなく、盾に埋め込んだ長槍を見捨てて、彼は剣を抜き、馬の脇腹にしがみつき、片足を鐙《あぶみ》に掛けて、敵に猛然と襲いかかった。そして、鉄兜の鼻(24)を左手で摑み、さながら彼の頭を切断するように迫った。しかし、黒い森の「黒い騎士」はメリアドクスは彼に手を差し伸べて嘆願し、休戦して少しの間話し合うように執拗に要求し始めた。メリアドクスは彼の哀願に譲歩して、右腕（剣を持つ腕）を引っ込め、彼が言いたいことを聞くことに同意した。その男は馬に再び跨って言った。「わたしは多数の人びとと多く交戦をしてきて、今日まで自分より強い者はおろか、自分と対等の者さえ発見することができなかった。しかし、あなたの攻撃に圧倒されて、わたしの以前の勇気は直ちに消え去りました。あなたの攻撃はこのわたしには他の者らに見られぬものであり、さながら天と地の衝突がわたしを真ん中にして交互に起こったようです。よって、卓越した騎士よ、あなたは誰であるかを教えてください、あなたは成熟した年齢に達すれば、疑いなく比類なき勇敢さが保証されるように信じます。髭のない今でさえ、かくも偉大な勇敢さを持ち合わせているのですから。」

メリアドクスは言った。「今、わたしの血統を辿ることは不要と思います。わたしは申し述べたい、当面の問題に相応しいことは、アルトゥールス王の騎士たるこのわたしはあなたと対峙して、この「黒い森」の正当な権利を譲り受ける責任を負わされていることです。

彼はメリアドクスへ答えた。「わたしは明らかに騎士としてあらゆる点であなたに試練を受けました。そして、わたしはあなたと対決してこの「黒い森」をすっかり失ったことを白状します。」こう言うと、剣を鞘から抜いて、剣の刃を握って勝利の印として手渡した。彼は付け加えて言った。「お願いですが、あなたは一族の血統をわたしには知らしめます。なぜなら、かくも大きな勇敢さ、かくも天性の優雅さは身分の卑しい庶民に起因するとは思わないからです。」

そのとき、メリアドクスはわれわれが前述したすべてのことを語って聞かせた。つまり、彼は自らの生誕とその血統の一部始終、それが持つ長所と短所、そして彼の騎士道の鍛錬に対する心構えを一つずつ明らかにした。これに答えて、黒い森の「黒い騎士」は言った。「あなたはじつに立派な血統に由来し、精神と肉体ともにじつに強力であり、気力にも優れています。他のすべての人びとに対してつねに征服しがたいこのわたしは、あなたが自ら明白に証明したようなお方に征服されることを恥辱とは思いません。その上、わたしはあなたが命ずることは何ごとであれ今後は従い、そしてあなたがどこへいきたかろうとも、わたしはあなたの離れえない伴侶《つれ》となりましょう。あなたはわたしよりも忠実で掛け替えのない者を発見しないと思います。なぜなら、われわれの一方がいるかぎり、われわれのもう一方に対して、何か悪行を振る舞うことは愚行と思われるからです。」

こう言うと、彼はメリアドクスの膝へ首《うなじ》を下げて嘆願し、メリアドクスの支配と権力に彼の身を委ねた。しかし、メリアドクスはこれほどの男が自分に示したことを拒否するには値しないと判断し、彼の完全なる服従を伴う降伏を好意的に受け入れた。彼が生きているかぎり、その約束を従順に固執するという明確で誠実な誓言を彼からえると、彼らは互いに抱擁し合い、アルトゥールス王の宮廷へと一緒に急いだのである。

黒い森の「黒い騎士」と決闘を果たした四十日の間は毎日、アルトゥールス王は決して食物を取らぬこととし、食物が運ばれてくるとそれを押し戻した(25)。その日もまた、他の誰よりもメリアドクスを心配して、彼（王）は空腹でいて、二人のどちらの男に〈運命の女神〉の幸運が傾くかを知るまでは、彼の臣下らの誰もが食物を与えることを許さなかった。しかし、メリアドクスは帰りが遅いので、アルトゥールス王はある男に城砦の塔に登って、彼が帰ってくるのを偵察して確認するように命令した。その偵察人はその塔に登って、「黒い森」の方へ通ずる道に目を凝らしてこう叫んだ。「わたしはあの節度ある歩調と光輝く鎧から、メリアドクスと証明する人が遠くから近づいてくるのが見えます。というのは、彼は三段重ねの黄金の鎧と、その全体に光輝く宝石が嵌めこまれた薄い金属板で覆った盾を持っていた。彼の馬の飾り衣装はそれに劣らず琥珀の蒼白色と黄金の手綱(26)の黄褐色の美しい光を放っていました。さらに彼は言った。「彼（メリアドクス）は彼の右手に黒い鎧を纏ったもう一人の騎士を引き連れています。その鎧や態度が示すように、わたしは彼が黒い森の「黒い騎士」と予想します。」

しかし、王は驚いてこれを信じられずに、偵察人が告げたことを全く馬鹿げていると主張して、かくも有能で熟練した騎士が髭も生えぬ若者に敗北することはありえないと言った。しかし、これらの言葉が話し合われ、その他の言葉が話されていると、メリアドクスは黒い森の「黒い騎士」の手を引いて王宮に入ってきて、彼はあらゆる人びとの注目の的《まと》に値する人となった。

そして、王と彼の諸侯らの前に進み出て言った。「おお王様、わたしは陛下の訴訟事件に勝訴し、その訴訟が争われた「黒い森」を陛下のため手に入れました。そして、もし陛下が疑っているなら、黒い森の「黒い騎士」をご覧ください。彼はその森を自分の支配下の財産と濫訴しましたが、わたしはその彼を自分の力で服従させ連れて参りました。それゆえに、わたし自身が報酬を免れたと思われないため、陛下が善行に対して忘恩の人と見なされぬためにも、今や陛下が勝者に約束された報酬で償いください。」

というのは、アルトゥールス王は、もし誰であれ黒い森の「黒い騎士」を降伏させるため、その見返りとして自分に望むものは何でも与えようと、決闘に参加した人びとには誰にも、このような贈物を約束したからである。メリアドクスへ対して王は答えた。「貴殿は見事で豪華な報酬に値すると思う。望むものを何なりと申し出よ、疑いなく、わが王権にかけて、貴殿の勇敢さに値するどんな物でも必ずや下賜しよう。」

メリアドクスは答えた。「陛下はわが恭順により解決したこの(訴訟)問題の審判で、陛下の臣下の多くの騎士らを虐待されました。ご覧なさい、陛下は望んだものを手に入れ、濫訴したものを所有し、戦い争ったものを成就されました。それゆえに、寛大な人には寛大さが相応しいように、「黒い騎士」がわたしのために失ったと不平を訴える、彼の財産が寛大にも彼に取り戻されますように、どうか寛大に振る舞ってください。というのは、この問題全体において、その勇敢さが減少するより一層強力になるべき高貴なる人が、陛下の法的行為によって見捨てられないことこそが、このわたしの最大の願望です。」

アルトゥールスは答えた。「余は報酬として貴殿が望むものすべてを与える約束をしたことは認めるけれど、余は彼が「黒い森」に関する件で訴訟を企てたことを覚えている。これを除いて、余は貴殿の望むその他何ごとであれ喜んで与えることを約束しよう。もし貴殿が奮闘努力し獲得したものへ対する報酬を軽く見積もったとしたなら、余は愚かで心の気紛れな人と見なされるであろう。それゆえに、貴殿が別の方から報酬を受けることを切望する。なぜなら、「黒い森」を与えるという貴殿の要望は余にとって好ましくはないからである。」

王の一族の人びとと、審議会の首長や王国の諸侯らは最善のものに値する人から約束とその約束に見合う報酬を反故《ほご》にしないよう促した。というのは、それは彼の勇敢な行為にも彼自身の威厳にも相応しくないからである。彼らは言った。「そして、もし彼が王により一層大きなものを要求したとしても、王はそれに同意すべきである、特に彼が要求するものが彼自身の力で獲得したものである場合には。なぜなら、彼が獲得するため払った労力の出費と同等の報賞の貢ぎ物を受けることは、公平であるからです。」

遂に、アルトゥールス王は彼らの忠告に従い、「黒い森」を彼の思い通り使うため、メリアドクスにすべての権利を永遠に付与し、財産の下賜として与えたのである。

メリアドクス自身は王の前で既述したように、「黒い騎士」が前もって立てた忠義と臣従の誓いを除き、直ちに「黒い騎士」にその「黒い森」を寛大にも取り戻した。

こうして、「黒い森」の所有に関して、黒い森の「黒い騎士」との司法決闘が終了した。するとその翌日に、「赤い森」の「赤い騎士」（以下「赤い騎士」）が現れて、彼はアルトゥールス王に対し同様の濫訴を持ち込み、王によって先祖伝来の地所、つまり「赤い森」を奪われたと不平を訴えた。この訴えについて、彼らの間で激しく言葉の応酬が交わされたが、解決には至らずに、公正さは評価されなかった。

遂に赤い森の「赤い騎士」は王の騎士らの誰とでも決闘により彼の訴えを審判して、その赤い森は勝利者の自由な所有物として委ねた。他の者らは彼と決闘を恐れたので、メリアドクスは彼との決闘へ送られた。メリアドクスは前の決闘に劣らずこの決闘においても勇敢に戦い、「赤い騎士」を打倒し、完勝して、彼を捕縛した。

そして、メリアドクスはその「赤い騎士」を自分の盟友とし、自分の支配下に置いてから、彼をアルトゥールス王のもとへ連れていった。メリアドクスは王から彼の努力の報酬として要求した「赤い森」を与えられた。そして、彼は再び赤い森の「赤い騎士」に彼から奪った「赤い森」を返してやった。

この男の次に「白い森」(27)の「白い騎士」が続いた。彼は同様の訴訟事件に引き込まれて、つまり自分に不都合な裁定の論争に立ち向かい、決闘によって解決を企てている。彼は「白い森」の周囲を流れる川の浅瀬でメリアドクスと交戦し完敗した。というのは、それぞれの森はそれ自体の川に囲まれていて、それらの浅瀬の渡り場で、彼らの無言の激突がつねに行われるからである。こうして、白い森の「白い騎士」は他の人びとと同様にメリアドクスにその場で敗北すると、彼は服従してメリアドクスの仲間の一人に受け入れられた。そして、「白い森」を失った彼はメリアドクスに与えられてそれを再び手に入れたのである。

メリアドクスはこれら三人の高貴な人びとら、すなわち「黒い騎士」、「赤い騎士」と「白い騎士」と同盟を結んだ後に、彼が心に思い描いていた騎士道の探求と訓練の旅へと道を急いで向かった。したがって、既述したように、彼はカンブリア王国の国政や公務の維持管理は彼の義兄弟であるスコティア（スコットランド）王ウリアヌスに委託した。そして、彼は長い旅のための必需品を大盤振る舞いして入念に準備した。自分と仲間らのため、十分なだけ武器と馬と高価な衣装を準備し、アレマンニア[28]皇帝へ向かって急ぐ決意をした。

使者を方々へあまねく遣わし、彼は地上のどの地域が戦争の神明裁判の下にあるかを調査すると、アレマンニア皇帝とグンデバルドゥス王の間で戦争の最大の騒乱が起きているのが知らされた。というのは、「誰もそこから帰らざる国の王[29]」（rex terre ex qua nemo revertitur）のグンデバルドゥス王は暴力で皇帝の一人娘を略奪し、どんな条件でも彼女を生まれ故郷の父や家族らのもとへ帰すように、王に心を変えさせることができなかったからである。このような騒動の温床が二人の間に生じて、じつに大きな怒りの原因と戦争の危機を駆り立てた。彼らは遠い国々の隅々からじつに勇敢と聞きつけたあらゆる騎士らを招聘し傭兵として雇った。そして、彼らは殆ど毎日頻繁に急襲と無言の交戦を互いに仕掛けた。両陣営に数え切れない殺戮と、都市の荒廃や家財の略奪が行われて、彼らにとってより一層由々しいことには、捕らえられた市民らが無差別に奴隷の身となることであった。これらの危機のなかで、個々の人びとらの武勇と果敢さは戸外で十分に発揮された。そして、その功績が称賛に値する人びとや、その恥辱が非難に値する人びとは万人の凝視の目に晒されたのである。

メリアドクスはこれらのことを知って、準備万端を整えて、彼の仲間らと一緒にその地域へ向け出発した。そして、彼らは多くの費用を費やし陸と海を渡って、皆と一緒にアレマンニア皇帝のもとへ無事に到着した。皇帝は彼が誰であり、なぜ皇帝のところへやってきたかを聞いたあとで、彼を相応の敬意をもって迎え入れ、彼を皇帝の軍隊の傭兵隊長に任命した。

しかし、間もなくして、彼は他のすべての人びとより勇敢で優れていたので、その数一万三千人にもなるすべての兵卒らと傭兵として雇われた騎士らを指揮して、挑む者らに対抗して、どんな闘争や決闘をも絶えず行うよう皇帝により命令された。彼自身は彼の仲間らと共に皇帝の大部分の部隊より大きな勲功を日々樹立した。その結果、彼の名声は皇帝の館のみならず、グンデバルドゥス王にも知れ渡った。

しかし、ある日一人の使者が息切れした馬で疾駆し、皇帝のもとへやってきて、グンデバルドゥス王の騎士隊長が皇帝の領土に強力な一隊を引き連れて侵入し、領土の至るところで略奪していると告げた。皇帝は直ちにメリアドクスを呼び寄せて、彼の部隊と共に彼の王国を略奪している敵軍を迎え撃って、彼らが手に入れた略奪物を彼の部隊から取り戻すよう命令した。メリアドクスは即座に彼の騎士隊を四つの騎兵小部隊に分けて、それらの一部隊を自分のため確保して、残りの三部隊を彼の三人の仲間らに指揮させた。

ある底なしの深い川がその地域の境界を成していた。敵軍は略奪の欲望に駆られてその川の浅瀬を渡っていた。しかし、今や彼らは退却してその同じ浅瀬を渡らなければならなかった。なぜなら、どこにも別の浅瀬がなかったからである。メリアドクスはこの川の対岸へ黒い森の「黒い騎士」を彼の小部隊と共に送った。それはもし敵軍がその部隊を引き返すのに川を渡るのを避けたならば、彼らは黒い森の「黒い騎士」に不意打ちされるためである。そして、彼は白い森の「白い騎士」と彼の部下らには敵から略奪物を奪い取るよう命令し、その間に彼自身は彼の部隊と共に激しく交戦した。彼は第四部隊を委ねた赤い森の「赤い騎士」を、もし戦っている彼の部下の人びとが援助を必要な場合には、あまり遠くないところに待ち伏せするように配備していた。

軍隊がこのような隊列に配備されると、彼自身は直ちに敵軍を追跡した。彼は敵軍の行進と行動計画を密偵者らにより、すべて確実に調査していた。すると、彼は前述した川の渡り場で偶然に彼らに遭遇した。彼らは膨大な数の男女らの略奪物、家畜とさまざまな家具類を引いていた。彼らに突撃すると、彼は最初の攻撃で彼らの行進を打ち破った。なぜなら、彼らは略奪物を背負ってゆっくりと進軍していたが、川を渡るのに大いに難儀していたからである。

彼らの最初の衝突のときに、サグンティウスはすべての略奪物を家財もろ共に隊列の前に一列に積み重ねるよう命令した。そして、彼らは楔形《くさび》（密集）隊形を組んで、剣を鞘から抜き、襲撃者らに抵抗するよう命令した。したがって、彼らの間で危険な戦闘は激しく煽られた。その間、一方は失った物を全力で取り戻そうと奮闘し、他方は反対に略奪物を手放さぬよう戦った。しかし、メリアドクスはあたり一帯に怒り狂って、武装した敵の隊列の進軍を撹《かく》乱した。今や怪獣のように、彼は敵陣へ猛然と突進して打ち倒し、ときには部下らの士気をさまざまに鼓舞して、彼らをより一層果敢に戦闘へ向かわせたのである。

サグンティウス自身は実際に勇敢さにおいて多くの騎士らを凌駕していた。実際、その激戦がその日の一定時間まで延々と続いて、無数の敵の大群が集団で至るところでメリアドクスによって破滅させられたが、それにもかかわらず、あまり遠くない森の隠れ処《が》で援軍として彼の部隊と共に隠れていた赤い森の「赤い騎士」が不意に側面から彼ら敵兵らに突撃して、敵の密集隊列を分散させるまでは、その勝利のゆくえは依然として一向に定まらなかった。

敵軍の隊列が混乱し粉砕されると、そのとき彼らはまず奪った略奪物を断固たる挑戦者らへ放り出して、彼らの安全を求め逃走を考えた。そして、あらゆる方向から矢が飛んできて、逃れる道がどこにもなかったので、彼らは今まで旅人が決して渡ったことのないその川の逆巻く渦巻のなかへ真っ逆さまに飛び込み、そこに渡る浅瀬の道を探し求めた。

直ちに、荒れ狂う水勢が危機を生んだ。というのは、川を渡る歩兵隊の困難さがその他の軍勢により容易になるように、馬上の騎兵らは川の真ん中に位置を占めた。彼らの大多数は激流に捉われて押し流された。こうして、大きな間隙の間に挟まれて、彼らは二つの場所に取り残された。実際、その前夜に川は近隣の山から雪解け水が流れ落ちて大氾濫し、騎兵らさえもその川のなかで辛うじて立っていた。しかし、死の必然性が歩兵らを突き動かしたので、彼らは騎兵隊らと混じり合い、競って深《ふか》水《み》へ身を投げ、敵の剣をわが身に受けるよりも溺死する方が耐えられると信じたのである。こうして、先を競って川を渡ろうとした者らは殆どすべてが溺死したが、彼らの死は他の人びとには一種の救済策となった。なぜなら、そのとき彼らはじつに沢山波間で溺死したので、その他の軽装歩兵らは彼らの死体を利用して、その川を渡ったからである。

しかし、川を渡り切って、彼らは危機を逃れたと喜んでいると、もう一つの難局に陥った。というのは、前述したようにメリアドクスによってその場へ前もって送られた黒い森の「黒い騎士」は川を渡った彼らを襲って、死を逃れた彼らを死に至らしめたからである。メリアドクスはさらに奪い取った略奪物を白い森の「白い騎士」に委ねて、彼ら（敵軍）を追跡し、逃亡する敵兵らの最後尾の者らを殺害した。

しかしながら、サグンティウスは彼の部下らが前衛から後衛へ倒れるのを見たとき、直ちに状況を予見し、少数の部下らと一緒に近くにあった鬱蒼たる森へと逃れた。

メリアドクスは彼（サグンティウス）の逃走を知ると、残りの敵兵らを捕縛するか抹殺するために黒い森の「黒い騎士」に全軍を残して立ち去った。そして、彼自身は約二百人の軽装騎兵らを引き連れて逃げるサグンティウスを鬱蒼たる森中を急いで追跡し、彼を是非とも生け捕りにすることを望んだのである。

したがって、黒い森の「黒い騎士」は赤い森の「赤い騎士」と共に敵兵らを容赦なく襲って、その他の残りのすべての者らを殺し、さまざまな略奪品と共に約六千人もの捕虜らを連れ去った。そして、彼らは川の対岸に捨てられた略奪品と共に残っていた白い森の「白い騎士」のもとへと戻った。

そうする間に、メリアドクスは逃げるサグンティウスを彼の二百人の騎士らと共に鬱蒼たる森を通して追跡したが、彼をどうしても捕らえられなかった。なぜなら、彼はメリアドクスの視野からは遥か遠くに逃れて、踏み馴れた本道から方向を変えた一本の細い小道を辿っていた。つまり、彼は森を越えて彼の祖国へ通ずる道を利用していたのである。

この森はあまりにも広大で荒涼としていたので、[30] 誰もその長さと幅を決して測ることができなかった。もちろん、巨大で獰猛な怪獣がこの森に棲んでいて、無数の信じ難い幻影がこの森を旅する人びとを悩まし欺いた。実際、じつに多様な幻影の森のなかには出現するので、通り過ぎる人びとは誰もこれらの幻影を免れなかった。これらの幻影は先ず恐怖を惹き起こし、次に幻覚を生み出し、人びとに皆正気を失わせて、さながら驚愕のうちに、彼らを別世界[31]（異界）へと連れ去るのである。

メリアドクスは既に前述した森に入って、夏の日の一日を午後まで、その森のなかを進んでいた。日が暮れると、彼は部下らと共にある峡谷へ下りていき、新鮮な草を食べさせるため馬を放して、彼は身体を休めるため、野外で身を横たえて、彼の不寝番《ねずばん》の部下らに、夜が明けるや否や直ちに先へ進むため、目覚めさせるように命令した。彼らは眠るため身を横たえて、両目を閉じるや否や、見よ！　東の空が白々と明けそめて、実際に夜が明けたように見えた。

したがって、不寝番らはメリアドクスのもとへいって、彼を呼び起こして言った。「ご主人さま、起きてください。既にもう夜明けですから。」

彼はうたた寝よりも熟睡していたので大いに驚き、呼び起こした者らに向かって言った。「やっと眠るや否や、もう夜明けなのか？　それでは夜はどこへいったのか？　わしがいつもより長い眠りを必要とするか、それとも夜がいつもより短いかである。」

しかし、彼はその時刻に直ちに起きて、辿ってきた道を進むよう命令した。彼らが進んでいくと、夜明けが一層明るくなり、太陽が昇った。その結果、彼らはいまだ一マイル半の距離も前進しないうちに、彼らは一日の時間を同じ日の第一の時刻[32]を過ぎたと判断した。

一日のこの時刻に、彼らはメリアドクスが皇帝と一緒にしばしば狩猟にいったじつに広大な平原に辿り着いた。まさにこの平原に、驚嘆すべきじつに見事な細工の巨大な建造物（城）が突然に出現した。その建造物は大理石と斑岩《はんがん》と彫刻を施し彩色された列柱と、高い鏡板を嵌め込んだ天井と象嵌の床で出来ていた。そして、深い濠《ほり》と切り立った城壁がその建物全体をぐるりと取り囲んでいた。

しかし、メリアドクスはかくも巨大な建造物が突然建てられたことに仰天して言った。「おお、わが戦友たちよ、わしは目の前のかくも不思議な建物に驚いている。この大理石の宮殿はどこからきたのであろうか？　そして、われらの目の前にはっきり見えるこのような建物はいかにして建てられたのであろうか？　というのは、わしは二十日もたたぬうちに、この平原で皇帝ときみらの数人と共に狩猟をしたのである。そのときには、かかる建造物は建っていなかったし、もし建っていたとしたなら、いかにしてわれわれから隠すことができようか？　それゆえに、われわれは前に進んで、誰の住居であり、あるいは誰によって建造されたかを調べてみよう。」

彼らがその建造物に近づくと、突然に宮殿の門の前で約三十人ほどの召使らが現れた。彼らはじつに立派で、深紅の外套と亜麻布《リンネル》の首飾りを纏っていた。彼らが皆でやってくると、怪訝《けげん》な顔をしたメリアドクスと彼の仲間らを出迎えて挨拶し、彼らを食事へと招待した。しかし、今や既にその日の第三時《とき》(33)のように思われた。メリアドクスは開始した行進を先に進めることもできたが、特にこの城の住人らを知り、かくも魔訶不思議で仰天することを解明するという理由で、宮殿のなかへ入る判断をした。

彼らは前代未聞の大群衆であふれた中庭に入って、玄関から宮廷の大広間へ向かっていった。ここから赤い斑岩の階段を上って、彼らは王の間《ま》（室）に入った。

その王の間の最も壮麗な部分に、彼らはじつに見事な食事用の臥台《がだい》（寝椅子）を発見した。その臥台には絹布《けんぷ》が優雅に敷かれ、その臥台には稀にみる優雅な貴婦人が横たわっていた。彼らは彼女が豪華に装い、比類なき美貌を有し、卑しからざる大貴族の威厳の持ち主であると断言した。というのは、その住居（城）の内部はすべてがさまざまな装具で飾られていて、諸侯らの高貴な人びとや騎士らがいろいろな娯楽をしながら歩き廻り、彼女に満遍なく仕えていた。

というのは、彼らは遊具板の上で二つの隊列に分かれて模擬戦闘を行っていた。

他の人びとは骰子《さいころ》遊びに夢中であった。そして、多くの人びとは骰子を投げて、〈運命の女神〉の損得を占っていた。

彼らの女主人でもある大貴婦人(34)は彼らの遊びを臥台に横になり見つめていると、そのとき彼女はメリアドクスが入ってくるのに気づき、少し身を起こしてまず彼に慇懃に挨拶し、身近に呼び寄せて、彼らすべての人びとに起立するよう命令した。呼ばれると、彼は大胆に前に進んで、臥台の上の彼女の側に座った(35)。そして、メリアドクスの騎士らも宮殿のあちこちに散らばって座った。

その貴婦人は彼に言った。「メリアドクスよ、あなたがわれわれを訪ねてきたことを歓迎します。というのは、あなたの威徳を聞いて、わたしは長い間お会いしたいと望んでいました。」

彼は答えた。「しかし、わたしがこの目で見て、この耳で聞いたことに大変に仰天します。あなたはいかにしてわたしの名前や顔を知り、あるいは誰がこの場所に突然かくも巨大な建造物を建てたのでしょうか、一カ月前にはいまだ一個の石もこの地に積まれていなかったのですが？」

彼女は彼に答えた。「メリアドクスよ、わたしがあなたの名前を呼んだとしても驚くには当たりません。なぜなら、長い間このわたしはあなたの名前も顔も知っていたのですから。しかし、あなたが突然に建てられたと主張するこれらの建造物について、あなたは大いに間違っています。なぜなら、これらの住み処《か》はずっと昔から存在しました。あなたが存在すると思うこの場所は存在しないし、あなたはこの場所に今日まで決して訪れたことがありません。さて、われわれと一緒に会食いたしましょう。遂にあなたがわれわれのところに滞在するのを長い間楽しみにしていました。」

召使らを呼んで、彼女は食卓を直ちに整えるよう命令した。食卓が準備されると、メリアドクスは一人彼女の傍らでより高い食卓に横になり、彼の騎士らは他の人びとと入り混じって食事用臥台に横たわった。一人のじつに大きな下男が配膳を手伝っていた。そして、見事な食器類が王宮の宴会のために添えられた。皿があまりに沢山あるので、数え切れないほどであった。そのため、メリアドクスは以後同じようなものを他の宮廷で見たこともないし、これほど美味なるご馳走をどこでも味わったこともないと話した。

しかし、実際に、すべての人びとは一様に沈黙を守り通して、給仕の最中であれ食事中であれ、宮廷全体で誰一人として同席者や給仕係と何も話すことがなかった。

メリアドクスはこのことに気づいていたが、彼はこの人びとは誰であるかと尋ねていなかったので、食事の終りころに給仕係を呼び寄せ、貴婦人が宮廷の別の方へ注意を向けている間、彼女の臣民はどんな人びとで、あの女主人は夫を持っているのか、夫の名前は何というか、そして、彼らは黙りこくり、異邦人であるために、彼らとの会話で歓待されてしかるべき自分の騎士らに、なぜ誰一人として話しかけないのかと尋ねた。

給仕係はその質問に答えるべきであったが、鼻の上に皺を寄せて、答えの代わりに彼を嘲笑した。しかし、メリアドクスは彼が冗談でこうしたと思って、再び彼の質問に答えるよう丁寧に懇願した。しかし、繰り返し、その給仕係は喘ぐ犬のように舌を口から顎の下まで突き出し、にやにや笑ってメリアドクスを嘲笑した。

しかしながら、メリアドクスは尚もことの真相を理解できずに、いまだにその嘲笑を一種の遊戯と思って言った。「誉れ高いお方よ、あなたは何をされているのですか? わたし自身には分からずに、あなたにはよく知られたことをあなたにお尋ねしました。しかし、あなたはわたしに返事の代わりに鼻を寄せて、口を捻じ曲げ、顔をしかめます。今や遂に、わたしはわが質問にお答え願います。」

その給仕係は彼に一言も発せず、三度目も驢馬の耳の姿をして、彼の上に身をかがめ、両手を彼の側頭部に振りかざして指を激しく動かし、両目を燃えるように見開いて、さながら今にも彼を飲み込まんかのように口を大きく開けて、メリアドクスに覆いかぶさり、その顔はこのように微動だにしなかったので、彼は人間というよりも悪魔に似て見えた。したがって、メリアドクスは大いに驚いて、直ちに食卓から立ち上がりたいと思った。

　貴婦人がこれを知ると、怒ったように給仕係を叱責して叫んだ。「やめない、やめよ、この高貴なるお方を傷つけてはいけない、彼がわれわれの宮廷に無作法の烙印を押さないためにも。」

　しかし、メリアドクスの恐怖心があまり大きく、その恐怖心は彼のすべての仲間らを同時に襲ったので、彼らは差し出された食卓から直ちに立ち上がり、身震いして急いで外へ出た。その日は、彼らの推定によると、日が傾きかけて夕方になっていた。したがって、馬に跨って、彼らはほんの数マイル進んでいくと、夜の濃い闇が彼らを覆った。その結果、誰もが他人を識別ができなかった。

　彼らを襲った同じ恐怖と狂気が彼らの馬をも襲った。それはじつに強烈であったので、馬は暴れ廻って制御ができなかった。騎乗者の誰一人も馬も飼いならすことも、暴走を制御できなかった。こうして、その狂気に誘われるままに、馬は森のなかを方々へ散らばっていき、一晩中戦闘しているかのように、抑えの利《き》かない馬が互いに激突していた。馬と馬が、人と人とが互いに激突し合っていた。彼らは敗北するまで互いに道を封鎖していた。彼らは相手に道を開けるよう大声で叫んで、各々がどんなにも手を伸ばし、もし互いにそれを確保しようとすると、他の人らから奪い取った。しかし、馬を手綱で引き止めることも制御することもできなかった。したがって、じつに多くの騎乗者と馬は互いに身体をぶつけ合って方々に落下した。しかし、その他の者らは仲間から逸《はぐ》れて、森のなかを当てもなくさ迷っていた。

メリアドクスと一緒の残りの者らは、早朝の刻限に予期せずある深い川の渦巻のなかで彼らの鞍の前輪まで、波の高い急流のなかに浸かっていた。日が進むにつれて、まず彼らは自分らの居場所が分かり、一所懸命にその川から抜け出ると、彼の部隊の数から五十四人もが欠けているのを発見した。

メリアドクスはじつに不幸な報せを聞いて、大きな悲哀で狼狽し、仲間らに向かって言った。「戦友たちよ、われわれはこの世のものとも思えない夢幻の日々の享楽に溺れて楽しく過ごしてしまった。しかし、われわれはどこにいようと、いかなる会食仲間らを持とうが、それは不幸がわれわれにつき纏うことを明らかに教えてくれたのだ。それにもかかわらず、わたしは二度と見え出す術《すべ》を知らない仲間らを失ったゆえに、心より悲しんでいる。」

彼らは川から出たときには、その労力で疲れ果て、身体を少し休息し、その場からどの方向へいくべきか全く知らずに、森のなかへさらに進んでいった。彼らは森を出ることを望んでいたけれども、その森のさらに中心へと絶えず向かっていった。

しかし、正午には激しい嵐が起こって、すなわち篠突く雨、稲妻、恐ろしい雷鳴の轟く暴風であった。彼らはこれらの災難にひどく動揺し、この嵐のなかで家屋の下にいる人びとを幸せと思った。したがって、大変に悩んで成す術を知らずに、メリアドクスは彼の仲間らに、とある建物の下でかくも大きな嵐から避難できる場所が近くにあるのを知っているか否かを尋ねた。これに騎士の一人が答えた。「じつに大きな城砦がこの近隣にありますが、いまだそのなかに入って、恥辱を受けずにそこから出てきた人は誰もいません。(36)」

彼らの間にワルドメルスという名で知られた新兵がいて、彼は皇帝の親族であり、友情に駆られてメリアドクスに戦争へ随行してきたのである。じつに恐ろしい嵐が絶えずその旋風の勢力を増し、今や日の光も夕暮れへ傾くにつれて、この男は轟く雷鳴と閃光を発する稲妻にもはや耐え切れなくなり、近くにあると知っていた城砦はどの方向にあるのかと上述の騎士に尋ねて、自分をそこへ連れていくように懇願し始めた。

これにその騎士は答えた。「もしお望みなら、このわたしがあなたをその城砦へお連れします。しかし、わたし自身はその城砦のなかへ一緒に入りません。とはいえ、あなたにあらかじめ申し上げますが、そこから外に出る前にあなたはひどく後悔するでしょう。」

これにワルドメルスは言った。「ご心配なく。その城砦まで連れていってください、ここに留まりたくはないのです。」こうして、その騎士は彼をその城砦に連れていくと、メリアドクスと一緒にいた十一人だけ除いて、ほぼ全員の騎士らは彼に従っていった。そして、彼らはこの場で大きな危険に晒されるより、何らかの〈運命の女神〉の試練を体験した方がよいと言ったのである。

その要塞の入り口に達する場所まで彼らを案内した騎士は、彼らに別れを告げてメリアドクスのもとへ戻った。すると、今やメリアドクスは一緒に残った仲間らと共に樫の古木の蔭《かげ》で嵐から身を避けていた。

こうして、ワルドメルスは彼の分遣隊らと共に城砦に入ると、すべての入口が開いているが、城砦のなかには誰もいないのを発見した。彼らは上階の塔のなかにあり、大広間が連なるひとつの部屋に入ると、そこは至るところ絨毯が敷かれて、その中央にはじつに明るい火が灯《とも》されて輝いていた。その塔の向こう側には馬用の廐舎と豊富な飼葉と藁があった。

ワルドメルスがこれを見たとき大声で叫んだ。「馬から下りよ、おお仲間らよ、われわれは申し分ない持て成しを受けている。見よ、われわれが最も必要とするすべての物が十分に手元にある。われわれの住居は豪華であり、火は燃えていて、馬のために廐舎には豊富な飼料がある。われわれにこの宿舎を思い留まろうとさせる人は気が狂っているのだ。」

したがって、彼らは馬から下りて、彼らの馬を廐舎に入れ、飼料を与えて、鎧を脱いで炉を囲んだ。しかし、彼らが一寸の間そこに座っている間に、極めて大きな恐怖心が彼らを襲ったので、誰も敢えて相手と話しすることも見ることもせずに、彼らは頭を下げて、さながら今や彼らに死が迫るのを恐れるように、地面を黙って見つめていた。

そうする間に、メリアドクスと共に残っていた人びとは、夜の暗闇が急に迫り、前述した嵐が絶えず激しさを増すと、彼らは仲間らと一緒にいないで、ひどい暴風雨のなかに留まっていることを互いに不平を訴え始めた。彼らは他の仲間らを城砦へ連れていった先述した騎士に自分らをもできるだけ速く仲間の騎士らのもとへ急いで連れていくように嘆願した。その騎士は不承不承にその城砦まで彼らを先導したが、彼自身は直ちにメリアドクスのもとへと戻った。第二団の彼らが到着すると、恐怖にとらえられた第一団の仲間らは、その到着に少しは安堵した。しかし、第二団の仲間ら自身が第一団の仲間らと一緒に座ると、彼らは皆三十分もたたぬうちに同じ恐怖に捉われて、血の気を失ったように見えた。

なおもメリアドクスは唯一人の騎士と共に森にいると、険悪な天候に悩まされるだけでなく、彼がいない間に、何か危険が彼の騎士らに起こるのではないかと心配して、言った。「わしを仲間らのもとへ連れていってほしい。わしは彼らなしでここに無事でいるより、彼らと共に危険に加わりたいから。」その騎士は答えた。「わたしは喜んであなたを彼らのもとへ道案内をいたしますが、わたし自身はここに戻ります。」その騎士が道案内をしていると、メリアドクスはその城砦に近づいた。そして、その案内人が戻ると、彼は大広間へと入っていった。

彼がなかへ入っていくと、誰も彼に挨拶すらしなく、立ち上がりもしなかったので、彼は叫んだ。「おお仲間の者らよ、なぜきみらは沈黙しているのか?」

そのときワルドメルスは勇敢さを取り戻し、頭を上げて答えた。「メリアドクスよ、われわれがかくも沈黙するのを驚かないでください。なぜなら、われわれはまことに極端な恐怖に怯《おび》えているので、互いに顔を覗けないのですからです。」

これに対して、メリアドクスは答えた。「皆の者らよ、できるだけ速く立ち上がれ。きみらを引き留めるのは臆病以外の何ものでもない。きみらは何を恐れているのか？　立ち上がって、食事用の臥台に横になり、食卓を整えよ。われわれはあまりにも長い絶食を続けているのだから。わし自身がわれわれに必要な食料がこの家にあるか否か隈なく探すことにしよう。」

こうして、彼らが立ち上がって食事用の臥台に横になると、メリアドクスは直ちに一つの部屋ともう一つ別の部屋に入ったが、その二つの部屋には何もなく、さらに三番目の部屋に入っていった。その部屋には、驚くほど美貌の少女が寝台に座っているのを発見した。彼女の前にはパンとワインが供えられた一脚の食卓が置かれていた。

したがって、メリアドクスは目の前のこの食物への食欲に駆られて、彼の首と腕にワインが一杯に入った三個の革袋と、パンが一杯盛られた籠《かご》を両手で支え、その少女のもとへ帰ることなく、また彼女に一言も挨拶することなく、彼の仲間らのもとへ急いで帰っていった。

実は、彼は急いでいると、第二の部屋でじつに背の高い男に出会った。その男は彼が一体誰で、なぜ自分の女主人のワインを盗んだかを尋問した。そして、その男は握り拳《こぶし》で突然メリアドクスの眉間を痛撃で打ち砕いたので、メリアドクスは彼の足元に投げ倒されて、手に握っていた剣が遠くへ投げ飛ばされた。しかし、メリアドクスはその剣のことを何も考えずに、彼が奪った食料を仲間らのもとへ運ぶことができるように、その男から速足で大広間へ逃げ去ると、そこに運んできた食料を置いて、自分は再び台所へいくと言った。

　しかし、彼は自分を打ち倒したあの男に復讐することを考えたが、剣が見つからなかったので、戸惑って暫く座っていた。彼の身に起こったことを恥じていたので、彼は敢えて彼の仲間のもとへ帰れなかったのである。彼が意気消沈してそこに座っていると、見よ、例の男が少女から返された自分の剣を持って、彼女の部屋から出てきて、自分を無礼な臆病者と叫んでいるではないか！　無礼であるのは、彼が少女に挨拶もしないで、彼女の傍に置かれた食物を盗み去ったからである。そして、臆病であるのは、彼が無防備な男に対し、剣で武装していた彼が敢えて抵抗できなかったからである。しかし、メリアドクスは彼の剣とじつに大きな槍を受け取って、直ちに台所へいき、そこにある最高の料理すべてで大きな皿を十分に満たした。暖炉の近くには髭のない、頭を剃髪した巨軀の男が眠っていた。彼は興奮して料理を集めるメリアドクスに呼び起こされると、狂人のように跳び上がって、鶴をいつも焼くのに使う鉄の焼き串[37]を両手で引っ摑んで、今まさに出ていこうとするメリアドクスを捕らえた。そして、その焼き串で彼の肩甲骨の間を力の限りに強打したので、もしその焼き串がぶれない一撃で攻撃力が弱められなかったら、その一撃を食らって彼は意識不明に至ったであろうと思う。

　その台所の扉の前とその近くに深い井戸があった。メリアドクスは強打されたときに、彼は槍を下に置き、激怒して彼の刺客の両耳をぐっと摑んだ。なぜなら、彼は毛髪がなかったからである。メリアドクスは彼を高く持ち上げて、抵抗しても空しく、彼を深い井戸のなかへ投げ込み、彼の槍と食料を持って仲間らのもとへ逃げ込んだ。メリアドクスは仲間らと一緒に座り、彼らに急いで食べるようにと促した。

こうして、遂に彼らが食事を取っていると、一人の狂暴で巨軀の親衛兵が半分の屋根の梁《はり》を背負って大広間に入ってきた。彼は至るところへ狂暴な視線を向けて、大声で叫んだ。「きみらは一体何者か？　わがご主人の館にひそかに入り込み、彼の食物を大食漢のように略奪し貪り食らうとは？」彼にメリアドクスが答えようとしたとき、彼はその高く振り上げた梁を彼らに強力に投げつけた。すると、その梁が命中すると、彼らのうち二十人が息絶えた。しかし、メリアドクスは仲間らがこの男に虐待されるのにこれ以上耐えられず、剣を鞘から抜いて、彼に突撃して敗走させた。

逃げる者を追いかけて、メリアドクスは長い間各部屋、宮廷、そして森中を彼を追撃し、遂に彼をさらに追跡していると、メリアドクスは夕暮れころに武装した人びとが一杯いる、とある邸宅に偶然に遭遇した。そして、膨大な武装兵らの数に恐れをなして、彼は逃げ出したかった。彼ら全員が彼一人を襲って立ち往生させた。しかし、彼は背中を壁に押し当て、身の防御を図って勇敢に抵抗したが、彼から最初に攻撃するのを捨て、できるだけ多くの攻撃者らが殺されるまで、わが身の防衛だけに努めた。その結果、彼自身の不屈の精神に敗北した者らは彼に右手を出し、メリアドクスが好きなところへ自由にいく許しを与えたのである。

遂に、メリアドクスは彼らに解放されて城砦へ向かったが、仲間らの誰もいなかった。というのは、彼ら皆は恐怖のあまり逃げ出して、彼の馬を鎧と一緒に持ち去ったのだ。したがって、何をすべきか途方に暮れて、彼は唯一人徒歩で森を通り抜ける道を進んでいった。

しかし、今や太陽が昇って、あたりが明るくなった。すると、一人の女が歩いて先を急いでいる彼と出会った。彼女は小型の馬に乗っていて、右手で一匹の駿馬を引いていた。メリアドクスがその女になぜ泣いているかと尋ねると、彼女はわが夫である強力な騎士は、少し前に二人のじつに邪悪な泥棒と遭遇して殺され、自分は彼らの捕虜となった。そして、彼らが眠りに襲われたとき、自分は逃げたのである。彼女の主人の死に復讐する人は誰にでも、彼女が引いている駿馬を与えたいと答えた。メリアドクスは復讐を誓った。彼は馬に乗って、彼女と一緒にいくと、眠っている一人の泥棒を急襲し打ちのめした。もう一方の泥棒は目を覚まして抵抗するも、彼は同じ運命に陥った。

メリアドクスはその女を残しその場から遠ざかると、〈運命の女神〉の幸運により、他の仲間らが城砦へいった間に、森に残っていた先述した皇帝の親族の騎士が彼とばったり遭遇した。メリアドクスは彼を見て大いに喜んだ。そして、メリアドクスはその騎士に自分の状況を説明して、多くの仲間らを失い、自分は賢明な行動を採らなかったと語った。なぜなら、自分はその騎士の忠告を受け入れようしなかったからである。その騎士はこの件についてメリアドルスを慰め、一緒に先へ進んでいった。

彼らはあまり遠くいかないうちに、見よ、彼らは目の前の平原に武装した騎士の一群が突撃するのを目撃した。彼らを見ると、メリアドクスは今目撃した楔形隊列の騎士の一群のところへ急いでいき、その騎士団の正体を尋ねるまで、騎士にはそこで待つよう命令した。その騎士はそこに留まっていた。メリアドクスは馬に騎士の一群を猛追させて、彼らの後衛に追い着くと、彼らはメリアドクスが失ったと思っていた彼の部下らの全員であり、ワルドメルスも彼らと一緒であるのを知った。

というのは、偶然にも、先述したように彼（メアリドクス）から逸脱したすべての者らは少し前にその平原で互いに出会ったのである。予期せずに彼らに出会って、メリアドクスは信じられないほどに喜んだ。なぜなら、彼は再び彼らに会えるのを信じられなかったからである。したがって、その騎士らは自分らの指揮官を見つけ、また指揮官は彼の騎士らを見つけて大いに喜びあい、自分らの不注意で今後は同じ危機に陥らぬように、自分らお互いのために採用する計画を直ちに立てたのである。

それから、彼らは言葉を交わしながら三マイルほど進んでいくと、彼らは戦闘の騒音のような大きな叫び声と喧騒が遠くから彼らの耳に鳴り響いてきた。度肝を抜かれて、彼らは指揮官の周りに隊列を組んだ。しかし、メリアドクスはこれもまた幻想ではないかと思って、彼自身がその場へ近づく前に、真実の状況を前もってしっかり知りたいと思った。

彼は二人の騎士をその大喧騒を調べるために遣わした。その間に、他の騎士らは馬を下りて、彼ら二人の帰りを待っていた。したがって、その使者らは馬を急いで走らせ、騒ぎ立てる声が聞こえる方へと進んでいった。しかし、あまり遠くにいかないうちに、森を出ていくと、彼らは目の前に戦闘で血塗《まみ》れの部隊に遭遇した。そして、その平原の地表は至るところ殺害された者の死体で覆われ、戦場全体に流血の小川が流れていた。

彼らは戦闘から離れて近くに立っていた一人の少年に声をかけ、その激突する騎兵部隊は一体誰であるかと尋ねた。その少年は彼らに答えた。「皇帝とグンデバルドゥス王の軍隊です。」彼らは「皇帝軍の指揮官は誰であるか？」と尋ねた。

すると、その少年は答えた。「メリアドクスの軍隊の三人が指揮しています。これらの三人はメリアドクスが敵の戦利品を見張るために昨日置き去りにした騎士らです。メリアドクス自身は戦闘から逃れているグンデバルドゥスの指揮官サグンティウスを追跡していました。実は、メリアドクス自身が彼らと会う予定となっていた場所には戻らなかったので、彼らは指揮下のすべて者らと共に彼（メリアドクス）の向かったと思われる場所へ彼を援助するために近道を通って後を追った。彼らはメリアドクスが何か危機に陥り遅れているのではないかと恐れたからである。しかし、それらの道をよく知らなかったので、彼らは敵の境界を越えうっかり領内に入ってしまい、グンデバルドゥスの兄弟で、この国のこの地域を支配していたグントランヌス王に今朝早くに待ち伏せされ包囲された。今や皆（読者ら自身）が洞察できるように、彼らの部隊は全滅するほど斬り殺された。彼らは今やじつに大きな危機に瀕していたので、戦場で斃《たお》れるか、あるいはきっと捕虜として引き立てられたのである。数え切れないほど多くの敵の軍勢が集まってきた。しかし、実際は歓喜の勝利はいまだ勝利者らに与えられていない。というのは、降伏した少数の者らを除いて、敵軍全員は今や滅亡した。なぜなら、前述した三人の仲間ら、すなわち黒い森の「黒い騎士」と赤い森の「赤い騎士」、それに白い森の「白い騎士」がじつに勇敢に彼らのなかへ突撃したので、彼らの勇気こそは人間というよりも獅子の勇気のように見えた。

彼らがこれを聞いたとき、これらの使者らがその少年に促されてメリアドクスのもとへ帰り、彼に聞いたことを報告した。しかし、メリアドクスは仲間らの不幸を自分の不幸と考え、彼と帯同していた二百人の騎兵らを二つの部隊に分けた。そして、使者らを先導させてできるかぎり速く戦場へと急いだ。彼らがその場所にやってくると、彼は遠からぬあたりに彼の三人の仲間らが敵に包囲され、今にも捕虜にされるか殺されるかする光景を見た。したがって、メリアドクスは彼の部下らに二言《こと》三言《ごん》叫んで、彼らに以前の勇気を鼓舞し、敵を両側から勇敢に襲うよう命令した。直ちに逞しい叫び声を上げて、彼らは馬を遭遇戦へと拍車をかけた。彼らは両面戦闘隊形で森から急襲して、至るところで敵に激しく不意打ちを食らわせ、両側から素早く敵陣を突破した。そして、彼らは敵の隊形を分散させ、離れ離れになった多くの騎士らを捕らえて、一部の者らを捕虜とし、その他の者らを敗走させた。こうして、彼らは捕らえた略奪物を彼らの両手に奪い取った。というのは、敵はじつに多くの人びとが救助にやってきたと思ったので、彼らは最初の一撃で直ちに背走したからである。その上、皇帝の騎士隊のなかで七百五十人以上もの騎士らが捕虜となっていた。これらの騎士らは敵の敗走により解放されたが、彼らは直ちに自分らを捕らえた奴らを攻撃し始めた。そして、彼らは戦闘から逃れた者らを森のなかへ退却させた。そして、彼らは敵兵らが追い立てられるのを見るや、戦場へ戻っていった。皇帝側の殺害された者の数は四百三十六人と見なされた。

こうして、敵軍が敗走すると、メリアドクスは背後から彼の部下らと共に敗走者らを猛然と追跡し、彼らを悲惨な死へ追い遣った。実際、彼らが追いつくことができたすべての人びとを殺害した。したがって、グントランヌス王(38)の全部隊が殺害されたので、その隊の誰一人も残っていなかった。グントランヌス自身もメリアドクスから逃げたが、捕縛されて殺害された。メリアドクスは直ちに彼の軍隊をグントランヌスの王国中を率いて、周辺の田園地帯をすべて剣と炎で全滅にした。こうして、彼はすべての都市と町のあるものは武力で征服し、またあるものは降伏により手に入れた。彼は部下の騎士らに敵の略奪品から俸給を寛大に与えた。そして、彼は、もし真に素晴らしい武勲を樹立しなければ、皇帝のもとへは決して帰らぬことを、彼の仲間らと協議した。彼は戦争の結末と彼らが成就した勲功を伝えるため、皇帝のもとへ使者を遣わした。皇帝はメリアドクスのたぐい稀なる勇敢さを称賛し、彼が既に手に入れたもの、あるいは彼の能力に応じて彼が手に入れるものはすべて、彼の所有物となろうと返事を書き送った。そして、もしメリアドクスがグンデバルドゥス王によって略奪された皇帝の娘を奪い返すことができれば、自分は彼女を彼自身の妻に娶《めと》らせ、富と栄光を十分に与えよう。メリアドクスは皇帝からかかる命令を受け取るや、彼は己の臆病さゆえに、かくも偉大な君公が提示したこれらの大きな名誉を失わないように、自分が企てた騎士道の勲功に良い結果をもたらすため、自分は最大の努力を支払うべきであると決意した。

それゆえに、彼が捉えた諸々の都市や城砦を通し、適切な場所に彼の騎士らの陣営を配備すると、彼一人はある計画を実行した。つまり彼の仲間三人だけで、すなわち黒い森の「黒い騎士」、赤い森の「赤い騎士」と白い森の「白い騎士」と共に、グンデバルドゥス王の王国へと出発した。実際、これら二人の兄弟の王国は僅か三日間の旅程で境界を接していた。

というのは、今やすでに彼の勇敢さの噂は皇帝の娘の耳まで届いていた。彼女自身もメリアドクスへ使者をひそかに遣わし、彼の武勇ゆえに自分は彼だけを愛し、彼の友情を極度に望むことをその使者に伝令した。そして、もし彼が彼女のもとへきたいのであれば、彼女の協力をえて、グンデバルドゥス王の支配下から自分を解放し、その上、彼の王国をも手に入れよう。しかし、次のことが使者らによりメリアドクスに繰り返し厳命された。すなわち、もし彼女のもとへきたいなら、私人として近づいてきて、武力よりも警戒心により、この問題全体を最後まで見届けることができると説明するよう、使者らは彼女から説明を受けた。

こうして、旅に必要な物を手に入れると、メリアドクスは彼の三人の仲間だけで旅へ出立した。しかし、彼らは通過しようとして入ったある森のなかで道に迷い、彼らは空腹にさいなまれた。なぜなら、彼らが必需品を買い取ることができる近隣には人家が一軒もなかったからである。遂に森のなかでの五日目に、夕暮れどきに牧草地から家路へ戻るように見える牛の群れが彼らの眼前に現れたのである。

そのとき、メリアドクスは黒い森の「黒い騎士」に言った。「急いでいき、目の前に見える丘に登り、われわれが今夜一夜を過ごすことができる場所があるか否か調べなさい。というのは、われわれが見るこの牛の群れはあまり遠くない人間の棲み処《ど》へ戻っていくだろうから。」

したがって、黒い森の「黒い騎士」は命令されたように前進し山に登って見渡して帰り、仲間らにこう叫んだ。「さあ、皆の者きたれ、遅れないように。じつに立派な市街《まち》が城壁に囲まれて山の彼方《かなた》にある。その郊外の地でさえ堅固な周壁で塞がれている。」

したがって、彼らは丘を越えると、畑に一人の人間を発見した。そして、彼らはその人に、この街は誰のいかなる城市で、その出入り口はどこかと尋ねた。彼が答えるには、それはグンデバルドゥス王の城市であって、全王国のなかで最も壮麗でじつに堅固に城壁が築かれた城市である。その美しさと堅牢さゆえに、王は略奪した皇帝の娘をこの城市に据え置き、幽閉して監視している。皇帝の攻撃を恐れて、勤勉な監視人らが城市の門を絶えず監視し、日没から夜明けまで誰も出入りが禁じられている。しかし、もし彼らが城市に是非とも入りたいと思うなら、先をいく牛の群れの後をついていかねばならない。

牛の群れは小さな門を通って城市の郊外地へ入った。彼らは牛の群れのあとに続いて郊外地に入り、城市の城壁に到着した。その城壁はじつに堅牢な閂《かんぬき》で閉鎖されていた。

メリアドクスは門番に大声で呼びかけ、門戸を開けてくれるように丁重にお願いした。しかし、その男は門を少しだけ開けて言った。「きみらはどこの国の者で一体誰であるのか？ 平和をもたらす者か、それとも偵察者であるのか？」

それに対して、メリアドクスは答えた。「われわれはその人種をブリタニア人に由来します。そして、われわれはブリタニア王の軍務に服してきました。われわれは平和をもたらす者であり、グンデバルドゥス王に仕えるため、アレマンニア皇帝から抑圧されていると聞いたこの国にやってきました。もし王が傭兵の騎士とその奉仕を必要とするなら、われわれは進んで王の命令に従います。よって、われわれを城市のなかへ入れてください。」

その門番は答えた。「貴殿らはじつに称賛に値します。なぜなら、かくも多くの騎士らを必要とするわが王を援助にやってきたのですから。実際、王を不断につけ狙う皇帝の陰謀のため、王が自らの口で指示した命令によるか、あるいはこの城市の防御を委託された高官らの命令による以外に、誰か異国の人がこの城市に入ることは禁じられています。実は、王は三日前に王国から出発して、この城市に強引に略奪した皇帝の娘を、彼女の願い通りに、この城市に残していきました。なぜなら、彼女を略奪したため、殆ど毎日皇帝の騎士隊がこの地方を歩き廻って、〈運命の女神〉の気紛れにつれて、彼らはあちこちで頻繁に衝突を繰り返しています。このような事情のため、城市の閂《かんぬき》は、何か不注意により出入り口が敵に開かれないように、より厳重に監視されています。しかし、貴殿らは王が帰るまで、またはこの城市の長官と話し合うまで、郊外へいって宿泊所を見つけるがよい。」

メリアドクスは言った。「たしかに、貴殿が高官のもとへいき、四人の騎士らが城市の城壁の前に立って、なかに入ることを望んでいると伝えてほしい。そして同時に、なぜわれわれがやってきたかを、うまく取り入ってほしい。」

これに門番は返答した。「わしはそうはできない。なぜなら、わしは持ち場を離れることができないから。しかも、城市の各門は既にすべてが閉まっているからである。ここを離れて貴殿らの宿泊所へ向かうがよい。その厚顔無恥さは貴殿らが何か陰謀を企んでいる証しである。」こう言うと、彼は建物の門の裏手を閉じた。

メリアドクスは馬から飛び上がって言った。「お願いします、友よ、貴殿の高官のため、わしとひそかに二言《ふたこと》、三言《みこと》話してほしい。」しかし、その門番は断固拒絶してその裏口を急いで閉めようとした。すると、メリアドクスは門のなかには彼と一緒の人が誰もいないのに気づいて、右足でその裏口を強力に蹴り倒した。すると、その門番は激しく揺れるその裏口の反動で、地面に仰向けに投げ倒された。メリアドクスは唸り声を上げてなかへ押し入り、その門番のこめかみ（側頭）を捕らえて門の外へ引きずり出し、この城市を囲む流れの速い川のなかへ投げ込んだ。それから、彼は城門のなかに入って門を開け、仲間らを城市のなかへ導き入れたのである。

彼らがこれを行っている間、偶然にも皇帝の娘は二人の侍女を伴い隣接した城壁の塔の上に陣取り、より高い弓形の窓辺で緑の草原や近くで流れる川、そして遥か遠くに広がる甘美な森を見下ろしていた。城市の門で行われたすべてのことを驚き眺めると、彼女はかくも人目を引く行為を敢えて成し遂げる人こそ、メリアドクスであるに違いないと直感した。したがって、彼が行ったことが人びとに知られるのを恐れて、彼女は即座に以前メリアドクスのもとへ遣わした使者をひそかに呼び寄せ、彼らはその使者が以前会ったことのある人びとであるかを調べるために、その使者に城市の門へ早急にいくように命令した。その使者は急いでいき、門を発見してことの次第を調査すると、女主人のもとへ帰って、メリアドクスが傍にいたことを告げた。その使者はメリアドクスを城まで案内するため送り返された。しかし、メリアドクスは王の軍務に服するため、前述したように名前を変えて偽名でくるよう命じられた。しかし、既述の通り、王はじつに遠くまで軍務で旅立っていた。高官もその同じ日に王国の業務を執行するため城市を離れていた。皇帝の娘は女主人として城市を守り、すべての市民らは王自身の命令よりも彼女の命令に内心では喜んで同意していた。

こうして、メリアドクスは城のなかに入ると、皇帝の娘に彼女の付き添え人共々に優雅に挨拶した。彼の名を尋ねられると、彼は偽って名乗った。そして、彼は王の援軍として仲間らと共にやってきたと付け加えて言った。彼は彼女によって皆の前で外国人として受け入れられた。しかし、夕食の飲食が終わり、その他の騎士らが自分の宿舎に急いで行った後に、その若い貴婦人は彼女の計画を内密に知っている顧問官らと共に彼をあらゆる慰めで彼の活力を恢復させてくれる部屋へと案内した。彼女と皇帝に味方するすべての人びとに対して、彼は自分がやってきた理由を説明した。彼女は答えた。「おお、メリアドクスよ！　あなたはこの二日間わたしと一緒にここに留まります。三日目に、わたしはあなたが行うべきことを企てましょう。」

こうして、メリアドクスは彼女のもとに二日間留まって、あらゆる歓びと楽しみのなかで元気を恢復した。しかし、三日目の夜が明けるころに、彼女はメリアドクスを招いてこう言った。「メリアドクスよ、あなたはよくご存じのように、わたしはグンデバルドゥス王により暴力で略奪され、わが父から三年前に引き離されました。しかし、彼はこのわたしを捕虜ではなく娘のように、今ではいつも奥方《ドミナ》（女主人）のように扱ってくれます。彼の全王国の主権はわたしの命令の下にありますし、グンデバルドゥス王のすべての重要な国務はわたしの意向に依存しています。王自身は万事においてわたしの意志に従い、わたしの意に反することは何ごとも行うことを望みません。しかし、わたしが願望することはすべてが手に入るとはいえ、捕らわれの身という侮辱で、わたしはつねに罪の意識で苦しみます。それゆえに、この王国はわたしには牢獄のようであり、わたしには豊富な財産は卑しむべきもの、そして名誉と栄光は軽蔑すべきものであり、それらは悲嘆と苦痛にしか思えません。捕らわれの身の鎖に縛られているかぎり、わたしの肝に深く銘ずるものはそれ以外にありません。それゆえに、わたしはこの地から救助されるよう努めねばなりません。なぜなら、わたしは貧困のなかで自由な女として死ぬことの方が、あらゆる歓楽のなかで捕虜の身の女として生きることより一層望ましいからです。これを遂行するためには、あなたよりも適任者が誰もいないことを知っています。なぜなら、途轍もない勇敢さで、あなたはかくも多くの武勲を達成したことがその証拠ですから。つまり、もしあなたがわたしのこの大義に背くことがなければ、あなたはわたしの目的を成就できることを確信しています。」

「しかし、このことを成就するため、大いに有用なことが二つあります。一つは、あなたが戦術に優れて敏捷であることです。そして、わたしが考えるところ、あなたはグンデバルドゥスの比類なき強靱さをも打ち砕く人と見受けられます。グンデバルドゥスこそが軍事において匹敵する者は誰一人も決していませんでした。もう一つは、グンデバルドゥス自身は片意地な性格と耐え難い暴君政治で、彼の王国のすべての臣民らに嫌われていることです。あなたの名声を聞けば、彼らはあなたの到来を極めて熱烈に願望するでしょう。わたしがあなたに教えた順序でことを始めて欲しいのです。」

「わたしのもとを離れたら、あなたはグンデバルドゥス自身の宮廷に赴いて、彼の傭兵として仕えるため参ったと彼に通告します。しかし、あなたにあらかじめ警告したいことがあります。」

「グンデバルドゥス自身は比類なき力に抜きん出た人です。彼は今日まで次のような習性で知られています。つまり彼のため軍務に服したい人は誰であれ、彼自身が決闘によりその人の力を試すまでは、彼の騎士団の仲間に入ることを許しません。」

「彼は全方向へ十五マイル伸びて、レーヌス川（ライン川）の河岸の対岸に横たわる島を持っていて、それは『誰もそこから帰らざる国[39]』と呼ばれています。この名称から、彼自身は『誰もそこから帰らざる国の王』として知られています。実際、この島はそのために『誰もそこから帰らざる国』という名で知られているのは、全体が至るところ沼沢地で、全く堅固さに欠け、人間や動物の足跡もない島であるのです。実際に、この島の全表面は瀝青《れきせい》のように泥々に溶けて、柔らかく流れ下り、足場となる硬い物が全くないので、固い大地というよりむしろ柔らかなアスファルトと思うでしょう。それゆえに、そこに足を踏み入れた人は誰でも直ちにそのなかに沈んでしまいます。それゆえに、『誰もそこから帰らざる国』と呼ばれるのは当然です。そこには草や木も生えず、生命の息吹に満ちるものは何一つないのです。」

「その島の縦と横の長さは同じです。しかし、その真ん中に、つまりその中心点に、約一マイル半の硬い土地があります。グンデバルドゥスはこの場所が要塞に適した難攻不落の土地と考えて、驚くべき技と労力で沼沢地の中央を通って、その硬い土地に至る道路を整備させたのです。というのは、長さ百フィートもある極めて長い梁《はり》が一直線に向側まで嵌めこまれて、どろどろした沼沢地まで延びています。彼はそれらの上の先端に床張りの材料として幅の広い幹をもったもう一本別の丸太を釘づけしたのです。それから、彼は技巧によるより自然に作ったと見えるように、これらの板張りの構造物を石で舗装しました。しかし、この道は島の中央部まで十字架の形に四つに切り裂き、道路の四つの部分は島の中央部に位置する前述した硬い地面の上で交差します。そこにグンデバルドゥス自身は壮麗な建築物である宮殿を建造し、庭園にはさまざまな樹木や果実を植えて、そこに小川の水路を引いたのです。彼は閑雅を楽しむときには殆どいつもこの宮殿を頻繁に利用し、彼のすべての財宝をここに集めていました。四つの側面にある四つの城砦はこの島の防備を固めています。すなわち道路の各先端が島から伸びる地点です。しかし、前述した小道は極めて狭く、その幅は三フィートに過ぎなく、攻撃する人びとには役に立ちません。というのは、その深く不安定な沼沢地はじつに広大で決して渡り切れないからです。」

「したがって、グンデバルドゥスは、前述したように、自分のもとへきて軍務に仕えたいと思う騎士らを試すときには、彼自身は既述した宮殿に武装して出向いて、その騎士に四つの城砦のどれか一つを決定します。それから、彼らは馬に跨り、狭い小道で互いに交戦します。実際、彼は自分と今まで戦ったすべての騎士らを打ち負かし、深い沼沢地のなかで再び起き上がれないよう打ち倒しました。」

「実際、彼は極めて優れた武勇の人であって、血統の良い特別な駿馬を持ち、その馬の無類の力によって多くの優れた騎士らを打ち負かしました。したがって、あなたがこの男との戦いを避けられないと覚悟しても、もし彼が前述した馬の背に乗ってあなたに突撃し、しかもあなたがわたしの与える馬で防衛されていないかぎり、あなたは彼に決して反撃できないでしょう、なぜなら、わたしは手元にグンデバルドゥスがわたしに委ねた、彼が保有するもう一頭の駿馬の兄弟馬で、彼の馬よりそれは遥かに力強く優れた馬を持っています。王のじつに立派な武器もわたしの管理下に置かれていて、それらを前述した馬と一緒にあなたに手渡します。それらで防備すれば、あなたは王の襲撃を安心して迎え撃つことができるでしょう。それゆえに、あなたは勇敢で精力的に防備するよう用心してください。なぜなら、われわれ二人の生命と安寧はあなたのこの務め次第であるからです。もし彼があなたに降伏したなら、成功はわたしにも生来します。もしあなたが逆のことに遭遇したら、同じ運命がわたしの身にも付きまといます。」

涙で頬を満たしながらこれらの言葉を話して、彼女は拘留されている廐《うまや》から、王の座輿《ざこし》のみに値する、姿形の美しく優雅で力強いアラブ馬を連れてこさせた。というのは、その馬は頭が小さく痩軀で、耳は先が尖って直立し、首は幅広く厚くて筋肉質で、胴体は長く平らで、腹部は引き締まり、前胸部は広く、臀部は太って丸く、尾は長く縮れていて、前脚は太く頑丈で、大きな繋《つな》ぎの関節と逞しい蹄を持っている。これが機敏さ、剛力、優雅さ、そして比類のない敏速な走行力を備えた馬であるが、じつに見事に飼い馴らされて、子供の手でさえ操ることができた。

この馬を相応の精巧な飾り衣装で装備すると、彼女は彼に与えた王の鎧を纏ったメリアドクスに騎乗するよう命じた。こうして、互いに別れを告げると、メリアドクスは仲間らと共に王のもとへ出立した。

彼らは島を取り巻く四つの城砦の一つでグンデバルドゥスを発見すると、メリアドクスは、もし自分との決闘で持ち堪えられるなら、彼の騎士団の一員に迎え入れるという条件で、王に受け入れられた。

こうして、彼らが互いに激突する日が決定された。しかし、メリアドクスは例の捕虜の乙女の訓《おし》えに従ひ、グンデバルドゥスに知られないよう、決闘の日までその駿馬を隠して置いた。たしかに、グンデバルドゥスは誰とその決闘を開始するのかを知らなかった。しかし、メリアドクスがその馬を持っているのを知っていたら、彼が誰かを知ったであろう。

決闘の日がきて、両者とも決闘への準備をした。王は島にある宮殿から、そしてメリアドクスは近くの城砦から武装し歩み出た。そして、彼らが互いにより接近して、グンデベルドゥス王が自分自身の駿馬を識別したときに、彼は直ちに顔面が青ざめ、彼自身の樫の木のような堅固な力がすべて萎《しお》れた。というのは、彼は予言によって自分があの馬に乗って自分と決闘する男だけに打ち負かされるのを思い描いていたのである。しかし、今や後悔するときでもなく、また危険を避けるべき場所でもなかった。なぜなら、もし一人が自由に渡ってくるなら、相手は打ち倒される必要があるからである。したがって、万事はひとえに己の力次第による。

グンデバルドゥスは恐ろしい声で最も信頼していた人びとに裏切られたと大声で叫んで、こう付け加え言った。「メリアドクス、メリアドクスよ、今初めて余は貴殿が誰であるかを知った。貴殿のあの乙女との同盟関係が余の足を掬《すく》ったのである。」

しかし、メリアドクスは王のこれらの言葉を意に介せずに、馬を突進させ、槍を下げて激しく彼を攻撃し、彼の馬を逆戻りさせ、馬もろともに彼を沼沢地のなかへ投げ倒した。すると、王と馬が両方とも一緒に深い瀝青のなかに沈んで、その後彼らは再び姿を見せなかった。

グンデバルドゥス王が沼地に沈むと、メリアドクスは狭い道でいとも簡単に彼の馬を折り返すことができ、宮殿へ騎乗して行った。彼が到着すると、宮殿の衛兵である騎士らは王の突然の死を知って、誓約した条件と決定された協定では禁じられていたのであるが、彼らは直ちに己の主人の復讐のため、一致結束してメリアドクスを襲撃した。というのは、王とメリアドクスの間の神聖な誓約は彼の全部隊が聞いているところで交わされたので、依然として合法的な誓約であった。その結果、もし王が敗北したら、メリアドクスは王が死んだので、メリアドクスの臣下らの何らかの悪事が絶対に誰にも証言されなければ、結果として彼は勝利者となろう。そして、王は相続人がいなかったので、メリアドクスが彼の王国を自由にわがものとしよう。たしかに、メリアドクスの前でじつに多くの人びとが戦って打ち負かされたので、王の部下らは誰一人として彼に抵抗できないのは明白である。

実際、グンデバルドゥスはこの契約をさながら一種の冗談のごとくメリアドクスと結んだ。しかし、彼が期待したものとは遥かに異なることが起こったのである。したがって、廷臣らはときに神聖な契約に拘束され、またときに彼（メリアドクス）の武勇に感嘆して、彼らは彼から損傷を蒙ることを警戒するだけでなく、実際に大いなる称賛をもって彼を受け入れて、誰もその攻撃に今まで耐えることができなかったグンバルドゥスを敗北させたメリアドクスを、彼らの王国に値する支配者の名で呼びかけた。こうして、彼らは武器と財宝を彼に譲り渡した。彼は直ちに決闘へ出ていった城砦に仲間らを迎えに遣った。

彼の偉業は王国の境界を隔てるその他の街中に伝えられた。諸侯らはメリアドクスのもとに参集して、騎士の大隊が一つに集められた。そして、メリアドクスはすべての人びとによって王国の指揮官として迎えられ、統治の最高権力が彼に譲渡されたのである。全領土が彼に敬意を表した。全王国の軍事力は彼に与えられた。そのとき、メリアドクスは彼らの寛大さにしかるべく感謝し、皆にまことに適切な贈り物で報いた。そして、彼は皆の前で次のようにうまく取り入った。つまり、彼は皇帝の騎士であるため、自分は皇帝に敵を征服すべく命令されたため、これらのことに最大の努力を尽くしたのは皇帝の娘を捕虜の身から取り戻すため、そして、彼がこれらの領土で手に入れたものはすべて、皇帝の力と名声に帰するためであり、もし皇帝の娘をグンデバルドゥスの手から奪い戻すことができれば、皇帝は娘を自分に与えて結婚させると約束したため、――それゆえにこそ、彼は皇帝が同意したあらゆることを厳密に追求しただけでなく、彼は皇帝の計画と戦略に従って、これらはまた王国の王の権威に関しても追求されることを約束したからである。

これらすべてのことに対し、諸侯らは共同の協議により、彼は皇帝に何の義務を負うことなく、彼は皇帝自身を何も心に留めることなく、彼は皇帝の支配下にもなく、皇帝への恐怖やその武力ゆえに、皇帝に譲歩すべきでないと返答した。もし彼が引き渡された指導者の地位を以前の諸々の権利と共に自ら持ちたいと望むなら、この国の支配権は彼に与えられるであろう。しかし、もし彼が皇帝の下にその支配権を移そうと考えるなら、彼が支配権を握っているのであるから、それは彼の望み通りとなろう。彼ら自身はメリアドクスを皇帝とは別の王に任ずるであろう。このことが彼らの間で長い間討議されているとき、遂に諸侯らは次のような結論を伝えた。つまり、彼らは彼の王国を皇帝の支配下に置くことに反駁しない。しかし、皇帝がそうしなければ、この合意は無効となろう。遂にこのように合意がなされた。メリアドクスは街と城砦の至るところを防備して、あの乙女のもとへ帰ると、彼女はメリアドクスを大凱旋行列と壮大な儀式で迎えた。

しかしながら、メリアドクスがこれらの国政に携わっていると、皇帝とガッリアの王との間に激烈な戦争が勃発した。この王は皇帝の兵力を圧倒して大いに難渋させた。実際、ガッリアの王は皇帝に突然軍隊を差し向けて、彼の領土をあまねく略奪し、皇帝のじつに素晴らしい街と都市を占領し、市民らを捕虜にし、その他すべての地域を剣と炎で破滅させた。彼は多くの兵士を率いて迎え撃った皇帝の三人の指揮官らを打倒し、彼らの全軍を全滅に至るまで撃破した。王が絶え間のない敵意ある攻撃で皇帝の身を襲うと、皇帝はガッリアの王と和平を確立し、次のような条件で協定に入らざるをえなかった。つまり、メリアドクスがグンデバルドゥスから奪い取った皇帝の娘を婚姻法に基づき結んで、ガッリアの王が彼の帝国から武力で奪ったすべての領土を彼に譲り渡すことである。しかし、今やメリアドクスは自らが成就したすべての偉業を文書に記して、皇帝に知られるようになっていた。それゆえに、皇帝はガッリアの王と彼の娘の結婚について同意したことを、メリアドクスには決して知られないよう入念に注意した。皇帝は彼の助言者らの誰にもこれを知らせることを許さなかった。というのは、彼はメリアドクスの武勇、軍事における彼の高い才能、今や彼が皇帝のため勝ち取った二つの王国のゆえのメリアドクスの権威がいや増すのを知っていた。したがって、皇帝は娘を彼の手から取り戻して、彼を自分自身の権力の下に服従させようと、彼を謀略にかけることに一所懸命に努めた。

皇帝はこのことを他人に知らせず、腹心の者らと相談して、二人の最高位の貴族の廷臣を、四十人の騎士らをその随行者として、王自身の封印を押した伝言をメリアドクスに送る計画をした。そのなかで王はまずメリアドクスへ多くの言葉で褒めたたえて、彼を王の帝国の主人にして守護者と幾度も宣言した。次に彼はメリアドクス自身の努力に値する報酬を約束した。皇帝は人びとがメリアドクスについて彼自身の諸々の偉業について話していることを暗に仄《ほの》めかした。最後に、皇帝はメリアドクスに直ちに自分のもとへ急いで戻り、先手を打って、王国の指揮官らと共に彼の娘を連れてくるよう命令した。それは彼が娘に非常に会いたいからだけでなく、彼は二人の結婚を急遽執り行うことができるからであった。彼は二人の結婚を自分の不在の間に挙行したくなかったし、その上、彼が参集を命令した諸侯らが公然と彼（皇帝）に降伏するためであった。

しかし、メリアドクスは皇帝によるかかる命令を受け取り、何も考えずに、皇帝の言葉から、自分の栄光の偉大なる利益が突然に起こったと考えた。すなわち、彼は、そこには釣針の鉤《かぎ》が潜んでいて、蜂蜜が毒を甘くし、覆われた甘言は人を踏み迷わせる言葉となるのを考えなかった。

直ちに、諸侯の集会を招集して、彼らが拝聴するなかで、皇帝の命令を朗読することを命令した。彼らはそれを聞いて、全会衆の賛同が直ちにえられた。彼らはメリアドクスが王国の支配に値すると叫んだ。彼はかくも高名なる君主によってじつに多くの称賛を受けるに値したのである。そして、彼らは彼と同行し、彼が命ずることは万事において彼に同意し、いかなる場合にも彼の仲間にして同盟者であることを誓った。

彼らがいとも優雅にして気高く旅立の準備をすると、メリアドクスは皇帝の娘を同伴して予定された旅へと出立した。その富裕さで際《きわ》立った十二人の高位の諸侯らと、その数八十四人にいたる多くの指導者らが彼に随行し、さらに二万人もの下級の騎士らが彼らの後に続いた。というのは、メリアドクスはかくも大多数の騎士らを伴いやってきたので、皇帝にさえもより一層恐ろしく見えた。

メリアドクスが到着するや否や、皇帝は心で策略を巡らしたのとは別の顔を装い、あたかも祝福するかのように急いで彼に会いにいった。彼は一緒にきたすべての大群を、高位の人びとを除いて、周囲の小さな村や城砦に宿泊するよう命令した。彼はもし何ごとか起こったら、全軍の兵力がメリアドクスから遠く身を置いて、彼らの存在が彼には殆ど助けにならないのを願ったのである。皇帝は最高位の人びとと諸侯らをメリアドクスと共に彼の宮殿へ迎え入れた。

皇帝は数え切れないほど多くの彼自身の軍隊を召集した。じつに多数であったので、彼らが宿営した皇帝の城塞都市は彼らを収容できないほどであった。彼らが到着すると、皇帝は彼の娘を直ちにメリアドクスの一行から遠ざけ、最も高い塔のなかに隠して、その塔をじつに注意深く監視させたのである。しかし、彼の策略は明らかではなかった。メリアドクスは彼女に近づくことを禁じられなかった。しかし、皇帝は二人の間に起こることを注意深く監視し、メリアドクスが告発されるのが正当と思えるときに、彼を責める機会を入手するよう監視人らに命令したのである。

そうする間に、メリアドクスが皇帝の娘と頻繁に秘密の言葉を囁いて、節度なく接吻を交わし、彼女の首に手を廻しきつく抱擁すると、密偵者らは皇帝にそれを報告した。皇帝はそれを聞いて、彼の不品行を償う方法を発見したと思って大いに喜んだ。したがって、彼はメリアドクスと一緒に宮廷へやってきたすべての貴族らと、皇帝自身の諸侯らを召集して、さながら彼らと一緒にある出来事を討議するかのように、彼らを宮廷へ招き入れた。扉が閉じられると、彼はメリアドクスの一行の残り全員に退去するよう命令した。その間に、皇帝は鎧を纏った千五百人にも至る騎士らの強力な分遣隊を宮廷のなかと城砦の北の部分を囲む城壁の外側に隠していた。彼が合図をしたとき、彼らは彼の計画した行動を採る手筈になっていたのである。

準備万端が整うと、貴族らの許可と沈黙が要求された。こうして、皇帝は話した。「おお、貴族の諸君と諸侯らよ、余は皆をつねに余の一族として親しく崇め、余の味方と思っている。あるいは余に忠実な封臣として、余は皆を大いなる名誉をもっていつも激賞している。そして、余の下で軍務に服する皆に、余はいつも兵士の俸給で報いている。というのは、余の友人らに秘密を伝達すること、最も値する人びとと余と共に王国を維持管理すること、それに余の味方として戦う人びとに余の財宝を分配すること、これらが余の方針である。余はつねに余に忠告する人びとに衷心より敬意を表し、余に仕える人びとに寛大なる報酬を与え、その他の人びとにも惜しみない贈り物を与えることを望んできた。こうして、余は友人らの忠誠心と、貴族らの信頼と、余の身近な騎士らの並外れた武勇をえてきたのである。」

「余の演説の主題はメリアドクスとは一体その正体が実際に何者かということである。つまり、余が余のもとへきた彼を絶大な好意をもって迎え入れ、余がかくも偉大な権威ある身分へ彼を称揚し、そしてそれに十分に値する者と見なされる彼とは？　というのは、まず、余は彼を傭兵[40]として余の私的衛兵の仲間に呼び寄せた。次に、余は彼を余の普通の兵卒と傭兵らすべての指揮官とした。また、彼を余の心耳を澄ます助言者に任命した。そして、余は彼にまた最も豊かな諸地域を管理するため譲渡した。これら諸地域のなかで、余はより大きな地域を彼に与えることを約束したのは、彼の武勇のためだけでなく、これが余の名誉の証《あか》しと思ったからである。」

「たしかに、余は彼が大いなる努力で余のため過酷な任務に汗を流したことは認める。それにもかかわらず、余は尋ねるが、彼はあれだけ頻繁に誰の力で勝利を収めえたであろうか？　余の力のお陰ではないか？　彼は余の軍隊の兵力により勝利者となったである。余の宝庫から彼の騎士らに俸給が支払われたではないか？　たしかに、彼は二つの王国を征服した。しかし、いかにしてか？　余の軍隊を戦わせることによってである。彼はグンデバルドゥスの手から余の娘も解放した。しかし、いかなる手段によってか？　余の娘自身の策略によってである。それゆえに、余の援助なしで、彼は何ごとも行ってこなかったのである。それにもかかわらず、余は彼に気前よく寛大な心を示して、彼に先んずるすべての人びとよりも、彼に名誉を与えたのである。その上、彼に莫大な富を与え、余の帝国の三分の一の領土を彼の支配下に置き、余の娘と結婚さえも考えた。」

「しかも、もし彼の犯罪が妨げになり、余の計画から余の気持ちを逸《そ》らさなければ、余は既にこれを急いで遂行しようとしていた。なぜなら、メリアドクス自身はあまりに多くの罪を余に対し犯したので、余は約束した恩恵を撤回するのみならず、彼は最も恐ろしい罰を受けるに値すると思う。実際、彼は余に恥ずべき行為を企て、彼が行った悪行より恥ずべき行為はありえないであろう。余は彼の羞恥心を語るのも恥ずかしく思う。しかし、もしそれを公開しなければ、皆は知りえないであろう。つまり、彼は王家の流儀に則り婚約することを知っていた余の娘を、余の知らぬ間に力づくで凌辱したのである。そして余が思うに、彼女の膨れる腹部が示すように、彼女は妊娠して見捨てられたのである。彼の不品行は余の寛大さを遥かに凌駕する。彼は傷つかず（処女のまま）に婚約する筈の余の娘を自らのため凌辱したのである。したがって、余の悲嘆を皆の間に委ねて、この件に関し皆の公正な判断が下されることを期待する。」

これを聞いて、メリアドクスは信じられないほど驚いて、自分に向けられた前代未聞の裏切りのため、彼は怒りに燃え立って、吹き込まれた中傷から己の身を守るため、その部屋の真ん中へ飛び込んでいった。すると直ちに、隠れ場にいた武装兵らはこれを合図と受け取り、あらゆる方向から飛び出してきた。彼らはメリアドクスを仲間らと共に、剣を抜いて包囲した。彼らは包囲された無防備の人びとを捕らえて、彼らを宮殿に隣接した最も堅固な城砦へ連れてって、厳重な監視下に置いた。

それと同時に、皇帝は隣接する小さな村落に四つの軍団を展開して、メリアドクスの軍隊を降伏させるよう命令した。その命令が下されると、彼らはメリアドクスの味方の人びとを収監所へ引き渡すが、抵抗しようとする者らは彼らの剣に屈することになった。これらのなかで大多数の人びとは裏切りを知ると逃走し、勇敢に戦う者らは殺害され、その他の残りの一万三千人までの大勢の人びとは皇帝に降伏した。農場のあちこちに、これらの人びとは客として宿泊していたので、散らばって油断していたので、皇帝の軍隊に容易に捕虜として逮捕されたのである。

皇帝の娘はメリアドクスがそのような策略に襲われたのを知ると、彼女はじつに大きな苦悩に苛まれて、彼女は自殺しないように自らの両手を抑えることが殆どできなかった。それでもなお彼女はもしメリアドクスが逃れることができれば、彼は裏切り者らに復讐することを知り、その結果を心から信じて、メリアドクスへの愛の炎を心に灯《とも》し続けた。しかし、これらのことが起こって二十日もたつと、ガッリアの王が彼の偉大な貴族らを伴い、誓約した皇帝の娘を妻に娶《めと》ろうとしてやってきた。実際に、代表団がやってきて、この少女に関する事柄をじつに注意深く内密に調査すると、ガッリアの王は彼女の妊娠を知った。これは彼を侮辱するため企てられたかのように、その場で王は彼女との結婚を破棄し、自分は淫婦とは決して結婚しないと誓った。

彼は皇帝と結んだ同盟関係を即座に破棄して、これは彼を侮辱するための策略であると絶えず主張した。その上、彼は戦争の権利で手に入れたものは何一つ徹底して返還したくはなかった。こうして、和平の条件が崩れると、戦争の混乱が再び戻ってきて、彼は皇帝の領土の至るところを略奪した。他方において、皇帝は自分自身のために和平の希望を失うと、少なからざる歩兵と騎兵らの軍隊を召集して、激怒する王を迎撃するため急いだ。両軍によって、戦闘の特定の日が通告されて、両者のうちで勝利を収めた方が相手の国を獲得することとなった。

そうする間に、メリアドクスは前述した塔に閉じ込められていた。実は、戦争の勃発のゆえに、彼はもはや厳しく監視されていなかった。皇帝は自分の行ったことを後悔して、彼の心が自分に対し少しでも和らぐのを期待して、彼（メリアドクス）は足枷《あしかせ》から放免されるように命令した。というのは、皇帝はメリアドクスを裏切りの罪で告発したのをひどく後悔したからである。なぜなら、皇帝は有意な人材を失い、一方でガッリアの王は依然彼の敵であったからである。

　メリアドクスは戦争が準備されているのを知ると、彼はいかにして逃れることができるかと真剣に考えた。というのは、彼は仲間らから隔離されて唯一人でいたからである。ひどく追い詰められた人の心はじつに見事な術策をよく考え出すように、彼はとある珍しい計画を考案した。したがって、夜の帳《とばり》が下りるころに、彼は亜麻布《リンネル》を除き持っていたすべての衣服を細長い一片の端切れに裂いて、これらの切片を互いに結び合わせて、細い長い紐のようなものを作った。そして、彼の衣服を刻んだもののからじつに長い縄を編みあわせた。その縄を（屋根の）梁《はり》に縛ると、彼はその縄を下の窓に投げ下ろし、それを使って彼自身は直ちに地面に下りた。それから、彼は番犬に気づかれないように、四つん這いで堡塁までいった。その他の妨害もなく、その堡塁を跳び越えて、近隣に住むメリアドクスには最も親しい一人の騎士の家にできるかぎり急いで走った。その男は彼が誰かを知ると、最高の敬意をもって彼を迎え入れ、あらゆる美味《おい》しいご馳走で彼の元気を恢復させた。彼はその騎士と一緒にそこに三日間滞在した。そして、四日目に、彼はその主人役の騎士と一緒に戦いの場へと向かった。その主人役の騎士は彼に鎧と馬とすべての必要なものを装備させた。

　戦闘の日の夜が明けると、その指揮官らにより武装された両軍は決着をつけるため戦場へと出撃した。メリアドクスは第一列を占め、ガッリア王の大隊にひそかに加わった。一刻の猶予もなく、歩兵らは戦列を組み両面から接近した。騎士らは互いに敵軍と交戦した。彼らの鬨《とき》の声は星辰まで届いた。

彼らは白兵戦で、また遠くから距離を隔てて戦った。負傷兵らが至るところに倒れた。ときにはここで、ときにはあそこでと、敗者らと勝利者らは押し進み、また押し戻された。

しかし、メリアドクスは自らつねに前衛で行動し、皇帝の騎士らの指揮官と相対峙した。二人が交戦したとき、彼はその指揮官を戦場の中央で殺害して、彼の馬を連れ去った。その後に、彼は前衛部隊を先導する指揮官を迎え撃った。彼はその男の胸の窪《くぼ》みに致命的な剣を突き刺し、彼の馬を連れ去り、彼自身の血に塗《まみ》れて転げ回るままに放置していた。三人目に、彼は皇帝の後継者と信じられていた皇帝の甥と遭遇した。縁起が悪いことに、彼は怒り狂ってその甥を彼の馬と共に攻撃して、人馬もろとも投げ倒し、重なり合って死へと追いやった。彼は彼らの悲惨な霊をタルタルス[41]へと送った。それから、他の戦線の間を環状に馬で廻りながら、あたかも全皇帝軍を愚弄するかのように、彼らに見事な槍を振り廻して、自分に攻撃するように挑発した。

しかし、皇帝は彼の最善にして最も親しい騎士らの死について多くの悲運を受け取ると、ひどく心が苛まれた。もしその男に復讐することができなければ、皇帝は生き延びるより死に絶えたいと思った。しかし、皇帝はそれが誰かを知らなかった。そして、彼の部下らは誰も敢えてその男の攻撃を蒙らないことを知ると、「もし死んで横たわっている者らの復讐ができないなら、余はその他の者らと一緒に死にたい。」と叫んだ。したがって、彼は馬に拍車を当て疾走させた。彼は槍を構えメリアドクスを全力で捜し求めた。これに対して、メリアドクスは手綱を完全に弛《ゆる》め、皇帝の方へ彼の馬を疾駆させ、彼に猛然と突撃した。彼は皇帝をじつに激しく攻撃したので、盾も鎧もその猛攻撃を防げなかった。じつに逞しい右手が打ち込んだ槍で、メリアドクスは皇帝を刺し抜くと、皇帝はその温かい血と共に、その霊魂（息吹）を空中へと解き放った。

彼が崩れ落ちる間に、メリアドクスは叫んだ。「おお皇帝よ！　陛下はこのわたしにかかる俸給を支払ったのです。わたしは今や陛下に同じ俸給を支払うのです。」

こういうと、彼が誰かを知られるのを避けるため、直ちに武装兵らの死体を再び混ぜ合わせた。しかし、ガッリア王は起こったことすべて真昼間《まひるま》の明かりのなかで入念に見ていて、直ちに彼を追いかけ、敬意をもって彼を自分のもとへ連れてくるよう命令した。かかる高潔な騎士がその名声から逃《のが》れないためである。彼はかくも強力な敵に凱旋した彼の勇敢さに報いることを大いに切望したのである。彼が眼前に連れてこられたとき、王はメリアドクスであることを確認した。彼の勇敢さは王には十分に語り継がれていたからである。王はほほ笑みを浮かべて言った。「メリアドクス、メリアドクスよ！　貴殿は当然にもあの男に報いたのである、かような裏切り行為で貴殿に悪行を犯したのが明らかなあの男に。貴殿は余のため働いてくれた。余はあの男のように貴殿にとって忘恩の徒《やから》ではなかろう。あの男は余のため貴殿から妻を奪い去った。余は彼女を貴殿に取り戻そう。」

皇帝が殺害されたと伝えられると、彼の全軍隊は追い散らされた。実は、間もなく全帝国はガッリアの王の支配下に屈した。王は帝国の支配権を手に入れると、メリアドクスに直ちに彼の妻と彼自身が征服したすべての領土を取り戻した。その上、彼は大きな所有物をメリアドクスに与えた。つまり、牢獄に勾留されている彼の指揮官らを彼に返還したのである。そして、王は全帝国でメリアドクスを自分に次ぐ者と定めた。この後に、メリアドクスに息子が生まれて、その息子から多くの王や君侯らが生まれ出た。

こうして、実際メリアドクスはあらゆる名誉に包まれて年老いていき、その生涯を閉じたのである。

物語ここにおわる

［訳注］

（1）グレートブリテン島を形成する四つの国の一つで島の南西部の「ウェールズ」を指す。ウェールズ語でCymru《カムリ》、中世ラテン語ではCambria《カンブリア》という。

（2）この「R」は二つの異なる解釈がある。一つは「朱書き」を意味するR［ubrica］と、二つ目には作者の名前のイニシャルである。後者の説に関しては、十四世紀のベネディクト派修道士で年代記作家のラヌルフ・ヒグデン（Ranulf Higden c.1280-1364）に帰するとする説がある。しかし、年代記作家で愛書家でもあるアイルランドのオッソリ（Ossory）管区の大司教であるジョン・ベイル（John Bale 1495-1563）はこのイニシャルの「R」をモン・サン・ミシェル大修道院長のロベール・ド・トリニ（Robert de Torigni）と断定しているが、彼が書いた年代記の文体と異なる故に、その説も否定されて、現在では本書の作者は不定とされている。

（3）中世ラテン語で「スコットランド」を指す言葉。

（4）多くの作品群のなかで「アーサーの王国」を指して、地理的には現在の「イングランド」に相当する。ジェフリー・オヴ・モンマスはその著『ブリタニア列王史』*Historia Regum Britanniae* のなかで、このLoegria《レグリア》王国はブリタニアの伝説上の建国の初代王ブルトゥスの息子 'Locrinus' にちなんで命名されたという。

（5）〈運命の女神〉と人びとの諸々の営為における「偶然」や「幸運・不運」の役割がこの物語の主要な主題として展開されていくのである。

（6）ウェールズ北西部にある最高峰の山（脈）である。ウェールズ語で 'Eryri' と呼ばれるが、カンブリア王の要塞の所在地を「スノードン」とすることは、この物語の著者がウェールズ出身の人間でないことを暗示する。この山はネンニウスの『ブリトン人の歴史』*Historia Brittonum* やジェフリー・オヴ・モンマスの『ブリタニア列王史』*Historia Regum Britanniae* の王ヴォーティガンの物語では重要な役割を演ずる。本物語のなかで、スノードンはウェールズ王国の首都として描かれている。

（7）中世ラテン語で「アイルランド」を指す言葉。

（8）地獄や冥界を意味する。ウェルギリウスの *Aeneis* XI.v.397 'sub Tartara misi;「タルタルス（地獄）へ送った」;XII.v.14 'sub Tartara mittam' 等々の文言の影響を参照のこと。

（9）中世ラテン語でコーンウォルを指す言葉。

（10）ウェールズ王カラドクスの狩猟官で、王が弟グリフィヌスに殺されたとき、王の双子の子供らメリアドクスと娘オルウェンの養父となって彼らを助けた。

（11）イウォリウスの妻モルウェン（Morwen）とメリアドクスの双子の兄妹オルウェン（Orwen）の綴《つづ》りがほぼ同じことは、二人の関係が親子に近いことを証明であり、実際に、この物語のなかでモルウェンとオルウェンは養母と養女の関係にある。

（12）コナヌス・メリアドクスついては、ジェフリー・オヴ・モンマスの拙訳書『ブリタニア列王史』*Historia Regum Britannie (c.1138)* の第五巻、第十章～第十一章（pp.132-137）で詳しく述べられている。

（13）スコットランド中南部を北西へ流れ、グラスゴーを経てクライド湾に注ぐクイド河畔のスコットランド中西部の町ダンバートン（Dumbarton）であり、'The Rock of Dumbarton' と呼ばれる丘は古くから要塞があった。このアルクルドの町はジェフリー・オヴ・モンマスの『ブリタニア列王史』第7章及び『マーリンの生涯』*Vita Merlini* の612行でも言及されている。

(14)「創世記」6―8参照。

(15) この森は不詳であるが、伝統的に王家の子弟らが人里離れて育てられる場所となっている。ただし、M.Leake デイ版では 'Loch Lomond'「ロッホ・ローモンド」と訳されている。拙訳書『ブリタニア列王史』第七部、第九巻、第六章を参照。

(16) ギリシア神話でシキリア島に住んで棲んで片目の巨人をいう。

(17) お湯でこのように戸外で料理する方法は1972年にペンシルベニア州でボーイスカウトの国際大会で実演されたといわれる。この料理方法は古代ローマ帝国時代にまで遡るとされる。

(18) 中世ラテン語でスコットランドを指す言葉。

(19) 両者はウェールズの貴族で、グリフィヌス王の殺人計画からウェールズの王位継承者であるメリアドクスの生命を救おうとした。彼らの外交は失敗したが、その結果としてアーサー王の執事カイウス(ケイ卿)によってメリアドクスはアーサー王の宮廷に逃れることができた。

(20)「スキュラ」は巨岩に住む六頭十二足の海の女怪で、近づく船を飲み込むといわれた。またシキリア島沖合の渦巻「カリュブディス」と相対する危険な岩と同一視される。Cf. 'between Scylla and Charybdis'「進退きわまって」。また、ウェルギリウスの『アエネーイス』l.v.200-203 'vos et Scyllaeam rabiem penitusque sonantis'/ accestis scopulos, vos et Cyclopia saxa/ experti;'「君らはスキュラの怒りと彼女の深く木霊する険しい岩山に近づき、また君らはキュクロプスの岩を知ったのだ。」参照。

(21) M.L. デイ版では 'Salus' を「森」'forest' と訳するが、フィリップ・ヴァルテル版では「放牧地、牧草地、広野」‘paturage’の意味に取っている。ちなみにヨーロッパ中世時代の「森」の意味とは征服王ウィリアム一世によって施行されたいわゆるアングロ・ノルマンの「森林法」の定義によれば、鹿や野生の豚等の「狩猟の獲物となる動物」と、その動物らを養う餌が生えている場所を含む、王侯の狩猟の娯楽のため、法的に保護される領地を指した。しかし、その後『森林憲章』‘*Carta Foresta*’が十三世紀前半に発布されて、「王の森」‘royal forest’は自由民の権利として回復される。またこの‘Carta Foresta’は失政につぐ失政のため諸侯の怒りをかい、「欠地王」という綽名を与えられて、王の権利が大きく制限されたジョン王によるいわゆる『大憲章』‘Magna Carta’と多くの点で一対《つい》をなす文書とされる。また、ここには「黒い騎士」、「赤い騎士」、「白い騎士」の三人の騎士が登場するが、三色はそれぞれ「白」は「祭司」、「赤」は「戦士」、「黒」は「牧夫・農夫」に対応して、メリアドクスが三人の騎士に勝つことで、社会全体に及ぶ権力を掌握して、支配者の資格を有することを象徴的に示すとされる。

(22)「決闘裁判」はゲルマン民族の伝統に由来して、イングランドには征服王ウィリアム一世によってもたらされたといわれる。決闘は正式な裁判手続きの一つであり、犯罪が明白であるが、その証拠が明白でない時に被害者が決闘を申し込み、土地の所有権の争いにも利用された。この裁判制度は中世ヨーロッパを通して行われて、十六世紀頃には徐々に消滅しつつあったといわれる。Cf.「神明裁判」

(23)「浅瀬」‘vadus’での戦いはアーサー王物語においてじつに広く実証される一つの文学的モチーフである。

(24)‘cassidis nasus’「鼻付き兜」は十二世紀末頃まで利用されたといわれる。

(25)アーサー王がこの決闘の四十日間自らに断食の儀式を課したものである。

(26)ウェリギリウスの『アエネーイス』VII.v.639-640.‘...clipeumque auroque trilicem loricam induitur fidoque accingitur ense.'「彼は盾と黄金で三重に組み合わせた鎧をまとい、錆びた剣に帯で武装した。」参照。

(27) フィリップ・ヴァルテル版によれば、この'Candidus Salus'「白い森（牧草地）」は十二世紀のノルマン人詩人ベルールの流布本系『トリスタン』の「白い荒野」'Blanche lande'の無意識的な借用とされるが、ベルールはこの「白い荒野」をこの場所を大ブリテン島に位置付ける。しかし、学者（James D.Bruce）によれば、この'Blanche lande'はトマの宮廷本系『トリスタン』まで遡るという人もいる。トマの場合にはこの「白い荒野」はフランスの北西部のアルモリカ（ブルターニュ地方）にある。

(28) ライン川とドナウ川の上流地方に住んでいた西ゲルマン諸部族の領土で、現在のドイツを指す。

(29) 'Gundebalus rex terre ex qua nemo reuertitur'「誰もそこから帰らざる国のグンデバルドゥス王」彼はアレマンニ族の皇帝に戦争を仕掛けて、皇帝の娘を誘拐して彼女を王女のように扱う。王の弟はグントランヌスと呼ばれて、アーサー王の執事ケイ卿に庇護されるお気に入りのメリアドクス王に殺される。

(30) ヴェルギリウス『アエネーイス』IX.v.381-82 'silva fuit late dumis atque ilice nigra/horrida,quam densi complerant undique sentes;'「森は茂みと黒いヒイラギで覆われ広大に広がり、鬱蒼たるイバラがその森を至るところ満たしていた。」参照。

(31) メリアドクスの異界での冒険が十分に展開される。彼は森のなかで幻影や時間の歪曲や空間の転位を体験する。彼は、彼女の宮廷での「偶然の遊戯」をする貴婦人、つまり〈運命の女神〉自身と出会う。しかし、彼女の宮廷を逃れることによって、彼女の怒りを買う。「偶然」の悪夢との遭遇がメリアドクスと彼の部下たちに引き続き起こることになる。

(32) 'prima hora diei'「一日の第一時」は夏には「午前六時頃」に相当する。

(33) 第三時《とき》は「午前九時頃」に相当する。

(34) ここの 'matrona' はいわゆる権威ある奥方の意味ではなく、民間伝承で「Marte《マルト》」あるいは「妖精のMartine」と呼ばれるものを指すといわれる。

(35) この食事法は時代錯誤であり、登場人物が古代ローマ人のような食事作法をとる。すなわち、彼らは身を横たえて食事をするのである。

(36) メリアドクスと彼の部下らは嵐のため中に入る者は恥辱を受けずに戻る人は誰もいないという評判の城砦で雨宿りを余儀なくされる。ここでの最大の困難は古典古代神話における〈運命の女神〉によるよりはむしろ「北欧神話」に基づいている。つまり、彼の部下らの深い意気消沈と彼自身の情緒的な疲弊は城砦の貴婦人に対する彼の不作法、食物の盗み、剣の喪失などで証明される。その頂点は髭なし男を井戸へ投げ込み、大きな梁を振り廻す大男と対戦することにある。彼はこの大男を森のなかへ追い込み、大勢の武装兵らの罠に掛かるが、彼は自らを放免し釈放を得るのである。

(37) ラテン語の 'grus' は英語の 'crane' の語源であるが、文字通り「ツル」の意味とこの鳥の長く曲げやすい首が重たい物を持ち上げる引喩となって「起重機」の意味にもなったといわれる。

(38) メロヴィング朝フランク王国の創始者クロヴィス一世の後を継ぐ強力なクロタール一世の次男グントランヌス王(=ゴントラン王)やグンデバルドゥス(=ゴンドボー王)への言及は、この物語の著者はトゥールのグレゴリウスの歴史書『フランク人史』*Historia Francorum* を読んだことを証明している。

(39) '**rex terre de qua nemo reuertitur**'「誰もそこから帰らざる国の王」とは勿論「異界」を示す迂言法の一種である。この名はクレティアン・ド・トロワのアーサー王ロマンス『荷車の騎士』*Chevalier de la Charrette*

(c.1177-1181) に由来するとされる。この物語のなかで、ガッリア王国は次のように描写されている。'le royaume[ ]/ dont aucun estranges ne retourne'「異邦人は誰も帰れない王国」参照。

(40) 傭兵 (mercentarius) とは基本的に正規軍あるいは政府軍に属さずに、武装闘争に参加して、政治的利益のためではなく、金銭やその他の報酬のために戦う兵士(騎士)をいう。

(41) 上掲[訳注](8)を参照。

訳者あとがき——解説にかえて——

本書の翻訳の底本として基本的には、Mildred Leake Day（ed. & tr.）'Historia Meriadoci regis Cambrie', in *Latin Arthurian Literature*. D.S. Brewer, 2005. に依拠し、同時に Philippe Walter（ed.）*Arthur, Gauvain et Meriadoc*. ELLUG Université Stendhal, 2007. を適宜参照した。

まずこの『カンブリア王メリアドクスの物語』の写本に関しては、学者らによって同一作者の作品と見なされる『アーサーの甥ガウェインの成長記』*De ortu Waluuanii nepotis Arturi* が併載される MS.Cotton Faustina B VI, fols.1r-23r がある。これは十四世紀初頭のある筆耕によって転写された写本であり、現在は大英図書館に所蔵されている。しかし、先の写本とは異なり、その姉妹編たる本書『カンブリア王メリアドクスの物語』*Historia Meriadoci regis Cambrie* には十四世紀後半から十五世紀前半に掛けて転写されたとされる別の写本 MS. Rawlinson B 149, pp.91-132 があり、これはオックスフォード大学のボドリアン図書館に所蔵されている。校訂者M・L・デイはこの二つの写本には密接な関係があり、Rawlinson 写本は Cotton Faustina 写本を転写したものであると提言している。

次にこの『カンブリア王メリアドクスの物語』の原著者名と制作年代に関する問題がある。まず前記二つの物語が併載されている写本の冒頭に著者の署名である「R」の一文字が記されて、この「R」なる人物の「序文」でこの物語が始まる。このイニシャル「R」から、この匿名の著者を十四世紀のベネディクト派修道士で年代記作家でもある「ラヌルフ・ヒグデン」(Ranulf Higden c.1280-c.1364)の作品に帰するとの一説がある。このヒグデンなる人物は自作の書にイニシャル「R」の一文字を署名する慣わしで知られていたからという。しかし、もう一方でイギリスの教会人、年代記作家、そして愛書家でもあるアイルランドのオッソリ(Ossory)管区大司教であったジョン・ベイル(John Bale c.1495-c.1563)は彼の時代までに書かれたイギリスの著作者の膨大な著作総覧を出版し、この「R」をモン・サン・ミシェル大修道院長(任期 1154-1186)で、イングランド王ヘンリー二世治世下の年代記作家でもあるロベール・ド・トリニ(Robert de Torigni)と断定している。しかし、本写本のラテン語散文物語(特に『アーサーの甥ガウェインの成長記』を二度校訂した(一九一二年及び一九二八年)J・D・ブルースはロベール・ド・トリニ自身が著した「年代記」とこれらの散文物語は文体が異なるのを理由に彼の原著者説を否定している。それ以来、大方の学者らはこの説に従って作者不詳説を取ってきた。しかし、最近新たな羅英対訳で新たに本書の最新校訂版を一九八四年と二〇〇五年に出版したM・L・デイは上述した様々な根拠に基づいて、この作品の制作年代を十二世紀中葉から後半に、そして原著書をロベール・ド・トリニと強く提唱するが、その説はいまだ定説には至っていない。

また、本書の制作年代については古来学者らの間で意見が分かれるところであるが、J・D・ブルースや博識なアーサー王学者R・S・ルーミスは十三世紀説と提唱するが、最近では作品内容の細部の分析検証から判断すると、E・ブラガーやW・B・マレンは十二世紀後半、S・M・モリス、アングロ・ラテン文学史家E・G・リッグや中世ラテン文学者シアン・エカード（Sian Echard）らは十二世紀中葉説の諸根拠を検証している。しかし、最も新しい羅和対訳本の校訂・編纂したM・L・デイによれば、本書の構想《プロット》が「森林法」の危機や、決闘裁判（judicial duel）の合法性や傭兵騎士の役割等々に関する同時代の関心事をめぐって展開することから、この作品は十二世紀後半に著作されたと提唱して、現在では十二世紀後半説が有力視されつつあるようである。

次にこの物語のあらすじを以下に略述してみたい。

この物語は『アーサーの甥ガウェインの成長記』*De ortu Waluuanii nepotis Arturi* と同じ著者によって十二世紀後半に書かれたものであるが、王の弟グリフィヌスの陰謀により森で狩猟中に暗殺されたカンブリア王カラドクスの男女の双子の息子メリアドクスの物語である。まず危機に瀕した幼年時代、アーサー王宮廷での「森」（＝領土）の所有権の決着のための決闘裁判、騎士の生涯を追及し大陸でアレマンニ皇帝の傭兵騎士となり、皇帝の拉致された姫の奪還と様々な〈運命の女神〉に弄《もてあそ》ばれる怪奇体験、皇帝の裏切り、ガッリア王側に参戦して偉勲を樹て、ガッリアの地で赫々たる名誉に浴して、後の世の王家の礎になるという、史実とケルトや広くインド・ヨーロッパ大陸の神話や民間伝承を巧みに綯い交ぜた物語である。

兄殺しの後に、摂政グリフィヌはカラドクスの男女の双子メリアドクスとオルウェンを殺害しようとするが、カラドクス王の忠実な狩猟官イウォリウスとその妻モルウェンは二人を救い彼らの養父母となり、深い森の中に五年の歳月の間身を隠し二人の子供らを養育する。やがてメリアドクスは森の中で出会ったケイ卿によってアーサー王の宮廷へ連れていかれる。「森（＝領土）の所有権の訴訟で、「黒い森」の「黒い騎士」、「赤い森」の「赤い騎士」と「白い森」の「白い騎士」ら（これらの三色の内、「白」は祭司、「赤」は騎士、「黒」は牧夫・農夫を象徴する）三人の騎士に対してメリアドクスは決闘裁判により勝利して、アーサー王のそれぞれの「森」の所有権の主張を擁護する一方で、彼ら三人が主張した「森」を彼ら三人に返還するようアーサー王に要求する取り計らいをして、彼ら三人の騎士の臣従を得る。メリアドクスはアーサー王の宮廷に暫く留まると、アレマンニ（Alemanni）皇帝の傭兵として戦うため大陸に渡る。彼は拉致された皇帝の娘の奪還のため、彼はその城の中に入るすべての人々を狂気に誘う恐怖心を惹き起こす不可思議な城砦で様々な冒険をするが、彼の勇敢さでその城を逃れ、皇帝の拉致された娘の解放を勝ち取る。メリアドクスはその敢為ゆえ、皇帝の娘との結婚の約束を手に入れるが、メリアドクスは皇帝自身によって裏切られる。皇帝はガッリアの王との和平を確保するため娘をガッリア王に嫁がせる約束をする。皇帝はメリアドクスが娘を強姦し孕ませたと偽証し、皇帝の擁護者たるメリアドクスを投獄してしまう。しかし、メリアドクスは機知をもって牢獄から逃亡して、今度はガッリア王軍側に付いて参戦し、遂にはこの裏切りの皇帝を殺して彼の娘と結婚し、祖国カンブリア王国へは戻らずに、ガッリア王がメリアドクスの赫々たる偉勲を嘉した多大なる報酬を授けて、メリアドクスはガッリアの地で華々しい栄誉に浴してその生涯を閉じるのである。

この物語の舞台背景はカンブリアから広くヨーロッパ大陸にまたがり、その歴史的時間枠は凡そ紀元五世紀頃に設定される。アレマンニ族、ブルグント族とフランク族らの間でかつて「ガッリア・ケルティカ」（＝現在のフランスに相当）であった領土の支配権を求め戦い合った史的闘争も含まれている。メリアドクスは彼の祖国カンブリア王国には戻らず、彼の偉勲によりガッリア王から下賜された地に定住することになる。これは四世紀末にブリテン島で生まれて、父王オクタウィウスの命令でアルモリカへの遠征を命じられて、後にブルターニュとなるアルモリカに王国を築いて住み着いた歴史上のコナヌス・メリアドクス（拙訳書ジェフリー・オヴ・モンマス『ブリタニア列王史《ファンタジイ》』第五巻、第十章―十一章参照）と同様の生涯である。しかし、この物語はあくまでも一種の空想的作品である。この物語を構成する民間伝承は主にケルト系民間伝承とインド・ヨーロッパ系ゲルマンの民間伝承に依拠している。そして、この物語の主な主題は「名誉」、「裏切り」、「運命（の女神）」と「策略を見通す能力」等々と言えようか。著者は「序文」でも言う通り、本書の対象とする聴衆（読者層）をマルチリンガルな廷臣（＝聖職者）らを対象にして彼らの娯楽のため、作者はこの物語はラテン語で書き上げたが、M・L・デイによれば、この物語は現実の認識こそが究極の挑戦（難題）であることをドラマ化した物語であると言う。また、ジャン＝シャルル＝ペルテ（渡邊浩司氏訳）によれば、「作者が本書の題名に用いる「〜物語（Historia〜）」という言葉は、確かな情報に基づく作品、いわば歴史的編纂の試みを指しています。執筆にラテン語散文が使われたことが、こうした印象を強くしています。作者は（ネンニウスの『ブリトン人の歴史』*Historia Brittonum* やジェフリー・オヴ・モンマスの『ブリタニア列王史』*Historia Regum Britannie* のような）年代記作者の著した労作の系譜に己の作品を位置づけ、［ラテン語ではなく、フランス語を始めとした］各地の言語（俗語）で書かれた娯楽作品とははっきりと一線を画する意図があったかもしれません。」と言っている。これに関して本書の姉妹編『アーサーの甥ガウェインの成長記』においても、作者はこの物語の最後に個人的見解とも言える次の文章で終わる。「ガウェイン卿の勇敢なその他の勲功を知りたい人は、それを知る人に懇願するか代償を支払い請い求めるがよい。戦争を記録することより参戦することの方がより危険であることが分かるように、同じく雄弁な言語（ラテン語）で「歴史《ヒストリア》」（＝物語）を書くのは俗語で語るよりも至難の業である。」同一著者による同一写本に併載される二つの姉妹編の著者の意図は何であろうか？　確かに、この書でも著者は自らを俗語の作者らと区別し、賛辞をそれとなく求めているようにも見える。この著者はガウェイン卿に関し大衆的な俗語の伝統を十分に承知していて、自分のラテン語の作品は俗語の物語と一線を画す異なるものと見ているようである。中世ラテン語学者A・G・リッグの言葉を借りれば、このラテン語の散文物語の著者は「ラテン語の利用それ自体が純粋な娯楽の上に文化的な期待度を高めたという矜持」を示唆するものであると言う。

　われわれが「アーサー王」に通常抱く人物像は絶対王権者としての姿であるが、この『カンブリア王メリアドクスの物語』の中でアーサー王は法的な問題（ここでは「森林法」）において不公平な支配者として、むしろ蔑んだ見方で描写されている。言うなれば 'down-sizing' された王の姿である。同様な王の姿は『アーサーの甥ガウェインの成長記』においても随所でユーモラスに描かれている。例えば、王妃グィネヴィアの予言を試すべく、王は執事ケイ卿を伴いアスク川の「浅瀬」で外衣の騎士《ミレス・クム・トゥニカ》（彼のアイデンティティー立証以前の）と遭遇する。激しい言葉の応酬の後で、両者は互いに拍車を駆けて突撃し激しく対峙すると、王はケイ卿共々にアスク川の中へ馬から撃墜されびしょ濡れとなる。やむなく歩いて家へ帰りベッドへ戻ると、王妃にその理由《わけ》を尋ねられて、王は対面を重んじ「部下らの争いを聞きつけ、仲裁に向かったが偶然に雨が降ってずぶ濡れになったのだ」と、王妃は先刻お見通しであるが、懸命にその場を繕う王の姿が描かれている。これはアーサーが必ずしも理想の王ではないウェールズの伝統を反映しているのかもしれない。また、内容にロマンスと叙事詩が混交するこの『カンブリア王メリアドクスの物語』は十一世紀前半に無名の南ドイツの詩人が書いたラテン語による宮廷風ロマンスの *Ruodlieb*《ルーオドリーブ》 に例える学者もいる。以下、最後に本書が後世のロマンス群へ遺した影響を少し述べてみた。

『カンブリア王メリアドクスの物語』が後世の物語群に影響を刻印したものとしては、十四世紀後半に中英語の頭韻法で書かれた七百二行から成るアーサー王物語『アーサーのターン・ワザリング冒険』*The Awntyrs off Arthure at the Terne Wathelyne* が挙げられる。物語の表題は「アーサーの冒険」ではあるが、実質的な主人公はアーサー王の甥ガウェイン卿である。この詩物語はイングランド北西部のカンバーランド州で作成されたと言われて、現在は四種類の写本がイングランドの各地に伝存する。

この作品の「あらすじ」は以下の通りである。前半ではガウェインとグィネヴィアが狩りに出ると、二人はターン・ワザリング湖で恐ろしい形相の幽霊に遭遇する。その幽霊はグィネヴィアの母であり、生前に犯した不義と傲慢の罪で、罰を受けていることを明かす。二人の質問に答えて、その幽霊は彼らに道徳的に生きて、貧者に慈悲の憐れみを施すよう忠告する。そして、最終的に「円卓の騎士」はモードレッドにより破壊されると予言する。最後に、彼女は自分の魂のためミサを執り行うように頼んで終わる。

後半は別の物語が展開する。ギャロウェイのガレロン卿という騎士がアーサー王とガウェインが自分の領土を不当に所有していると抗議し、名誉ある決闘によってその問題の解決を要求する。ガウェインはその挑戦を受けて立ち、優勢に戦いを進め、ガレロン卿を今にも殺す寸前となる。しかし、ガレロンの恋人と王妃グィネヴィアが仲介に入って、アーサー王は二人の決闘を中止させる。領土の所有権の問題について両者の間で円満に和解すると、ガレロン卿は恋人と結婚して円卓の騎士の一員になる。最後のスタンザでは、グィネヴィアは呪われた母の魂のためミサの手配をし、祝賀と煉獄からの魂の解放を意味する鐘の音がブリテン中に鳴り響いて、めでたく物語が終わる。

次にサー・トマス・マロリーの『アーサー王の死』*Le Morte d'Arthur* の第四巻「ボメインことオークニーのガレス卿の物語」（キャクストン版では第八巻）にもその影響が見られる。

ガレスは「名無しの美丈夫《ベル・アンコニュ》」としてアーサー王の宮廷に登場する。アーサー王の執事ケイ卿はこの無名の青年を嘲って（騎士には適しない）「美しい手《ボーマン》」と呼び、軽蔑して見下した態度で扱う。ある見知らぬ女性（後に乙女ライオネットと分かる）が遂に宮廷にやってきて「赤い領土」（Reed Launde の「赤い騎士」（Reed Knyghte）に対抗する援助を求めると、ガレスはその探求の冒険に出立する。彼の冒険の途上で「黒、緑、青」の三人の騎士に遭遇する。彼は「黒い騎士」を殺し、他の二人の騎士をアーサー王の宮廷の一員に組み入れ、乙女ライオネットの妹デーム・ライオネスを救済する。そのデーム・ライオネスに心底恋して、ガレスは結婚前に彼らの関係を完成しようと企むが、ライオネットの魔法の干渉で、彼らが落ち合う約束を成就できない。こうして、ガレスは純潔と主なる神との彼の姿勢を守り通した。ガレスはその後デーム・ライオネスがアーサー王に報告してガレスが何処に居るか自分は知らない振りをするよう忠告する。その代わりに、彼は彼女に円卓に対抗してアーサー王の騎士らとの馬上模擬戦を通告するよう彼女に告げる。これによって、ガレスは変装して彼の兄妹の騎士らを敗北させて名誉を得る。伝令官らは遂に彼は兄のガウェイン卿を撃墜した正にガレス卿であることを認める。こうして、この物語はガレス卿が仲間の騎士らとライオネス嬢との結婚を喜んで終わる。（中島邦男他（訳）『完訳アーサー王物語上』青山社より）

まず、「ガレス卿の物語」の Black Knyghte of the Black Launde and the Reed Knyghte of the Reed Launde と『メリアドクスの物語』の Niger Miles de Nigro Saltu and Roseus Miles de Roseo Saltu という名前の類似性が、J・D・ブルースやR・S・ルーミスによって特に言及されている。また、*NED* によれば、中英語の 'laund'「土地・領土」とラテン語の 'salus'「森」は同義語とされる。その上、二つの物語にはプロットや表現法の細部に於いて共通点が見られる。例えば、「オークニーのガレス卿の物語」と『メリアドクスの物語』はそれぞれの物語の展開が全く異なるが、プロットにおいて広い共通点がある。例えば、主人公のガレスとメリアドクスは両者共にケイ卿の庇護者であるが、ケイ卿はガレスを侮辱して怒らせるが、メリアドクスとケイ卿は互いに尊敬しあう。また、二人は決闘で敗北させた騎士らから臣従の誓約を勝ち取るし、さらにガレスもメリアドクスも彼らの意中の恋人を救済し最後にはめでたく結婚するということ等々、これら二つの作品に共通するいくつかの類似点に挙げられようか。

本書を翻訳するにあたり、中世ラテン語の原文に出来るかぎり即して文意の分かりやすい訳文を心掛けたつもりです。また［訳注］についても関係資料にあたり厳密を期したつもりですが、浅学菲才ゆえの思いかけない遺漏や瑕疵があるかもしれません。読者諸兄姉の皆さまの忌憚のないご教示・ご叱正を頂ければ幸甚に思います。

なお最後に、この度本訳書を出版するにあたり、煩雑な校正を始めいろいろと貴重なお世話を戴いた論創社の編集担当者松永裕衣子さんにこの場を借りて心より御礼を申し上げます。

平成三十一年一月　平成最後の正月を迎えるにあたり

寓居にて　訳　者

田中仁彦『ケルト神話と中世騎士物語―「他界」への旅と冒険』中公新書、1995。

チャールズ・カイトリー／和田葉子（訳）『中世ウェールズをゆく―ジェラルド・オブ・ウェールズ 1188 年の旅』関西大学出版部、1999。

中央大学人文科学研究所（編）『ケルト―生と死の変容』中央大学出版部、1996。

________.『剣と愛と―中世ロマニアの文学』中央大学出版部、2004。

________.『アーサー王物語研究―源流から現代まで』中央大学出版部、2016。

中木康夫『騎士と妖精―ブルターニュにケルト文明を訪ねて』音楽之友社、1984。

中野節子（訳）『マビノギオン―中世ウェールズ幻想物語集』JULA 出版局、2000。

原聖『興亡の世界史　ケルトの水脈』講談社、2007。

ハワード・ロリン・パッチ／黒瀬保、池上忠弘他（訳）『異界―中世ヨーロッパの夢と幻想』三省堂、1983。

ピーター・サルウェイ／南川高志（訳）『古代のイギリス』岩波書店、2005。

フェリップ・ヴァルテール／渡邊浩司・渡邊裕美子（訳）『アーサー王神話大事典』2018。

フランソワ・イシェ／蔵持不三也（訳）『絵解き中世ユーロッパ』原書房、2003。

ベルンハルト・マイヤー／鶴岡真弓監修／平島直一郎（訳）『ケルト事典』創元社、2001。

村松賢一『ケルト古歌《ブランの航海》序説』中央大学出版部、1997。

マーティン・ドアティ／伊藤はるみ（訳）『図説アーサー王と円卓の騎士―その歴史と伝説』原書房、2017。

ミランダ・J グリーン／井村君江・他（訳）『ケルト神話・伝説事典』東京書籍、2006。

リチャード・キャヴェンディッシュ／高市順一郎（訳）『アーサー王伝説』晶文社、1983。

リチャード・バーバー／高宮利行（訳）『アーサー王―その歴史と伝説』東京書籍、1983。

創元社、1997。

井村君江『アーサー王物語―イギリスの英雄と円卓の騎士団』筑摩書房、1987。

＿＿＿＿.『アーサー王ロマンス』ちくま文庫、1990。

＿＿＿＿.「アーサー王伝説―ケルト伝説の果実」木村尚三郎編『物語にみる中世ヨーロッパ世界』所収、光村図書出版、1985。

＿＿＿＿.『妖精学大全』東京書籍、2008。

加藤恭子『アーサー王伝説紀行―神秘の城を求めて』中央公論社、1992。

グラント・オーデン／堀越孝一（訳・監修）『西洋騎士道事典』原書房、1991。

クリストファー・スナイダー／山本史郎（訳）『図説アーサー王百科』原書房、2002。

ジェフリー・アッシュ／横山茂雄（訳）『アーサー王伝説―黄金時代の夢』平凡社、1992。

ジェフリー・オヴ・モンマス／瀬谷幸男（訳）『ブリタニア列王史―アーサー王ロマンス原拠の書』南雲堂フェニックス、2007。

ジャック・ル・ゴフ／樺山紘一監修／橘明美（訳）『絵解きヨーロッパ中世の夢』原書房、2007。

ジャン＝シャルル・ベルテ／渡邊浩司・渡邊裕美子（訳）「中世ラテン語散文物語『カンブリア王メリアドクスの物語』」『中央評論』第299号、pp.227-236. 中央大学出版部、2017。

シャーロット・ゲスト／北村太郎（訳）『マビノギオン―ウェールズ中世英雄譚』国分社、1988。

＿＿＿＿.／井辻朱美（訳）『マビノギオン―ケルト神話物語』原書房、2003。

ジョン・マシューズ／木村凌二（総監修）『アーサー王と中世騎士団』原書房、2007。

瀬谷幸男（訳）『アーサーの甥ガウェインの成長記―中世ラテン騎士物語』論創社、2016。

高木麻由美・橋本万里子（訳）「アーサー王とゴーラゴン王」『立命館文学』第617号、2010、47-65頁。

高宮利行『アーサー王伝説万華鏡』中央公論社、1995。

＿＿＿＿.「アーサー王伝説」文献解題、1991年9月号特集『ユリイカ』所収、青土社。

103, 2004, pp.215-31.
Lea, Henry Charles. *The Duel and the Oath*. In *Superstition and Force*, pts.1-2, *North American Review.* rpt. University of Pennsylvania Press, 1974.
Lindal, Carl / Menamara, John / Lindow, John, *Medieval Folklore:A Guide to Myths, Legends, Tales, Beliefs and Customs.* Oxford University Press, 2002.
Loomis, R.S., *Arthurian Literature in the Middle Ages*. Oxford University Press, 1959.
________. 'Combat at the Ford in the '*Didot Perceval*',' Modern Philology n° 43 1945-46, pp.63-71.
Lupack, Alan, *The Oxford Guide to Arthurian Literature and Legend.* Oxford Univ. Press, 2005.
Morriss, M.S., 'The Authorship of the De Ortu Walwanii and the Historia Meriadoci' *PMLA*, n° 23, 1908, pp.599-608.
Padel, O.J., *Arthur in Medieval Welsh Literature*. University of Wales Press, 2000.
Paton, Lacy Allen, *Studies in the Fairy Mythology of Arthurian Romance*. New York, Burt Franklin, 1970.
Porter, D., The *Historia Meriadoci* and Magna Carta, *Neophilologus*, n° 76, 1992, pp.136-146.
Rigg, A.G., *A History of Anglo-Latin Literature 1066-1422.* Cambridge University Press, 1992.
White, Richard (ed.), *King Arthur in Legend and History*. J. M. Dent, 1997.
Wilhelm, James, J., *The Romance of Arthur*. Garland, 1994.
Wright, Neil (ed.), *The Historia Regum Britannie of Geoffrey of Monmouth I Bern, Burgerbibliothek, Ms.568.* Cambridge, D.S.Brewer, 1984.
________. 'Influence of Geoffrey of Monmouth on the Latin Prose Romances *De Ortu Waluuanii and Historia Meriadoci*'. *Arturus Rex* volumen II, Acta Conventus Lovaniensis 1987, pp.320-329, Leuven University Press, 1991.

Ⅲ. 邦文関連文献抄

青山吉信『アーサー王伝説―歴史とロマンスの交錯』岩波書店、1985。

アンドレア・ホプキンズ／松田英、都留久夫、山口恵理子（訳）『図説西洋騎士王大全』東洋書林、2005。

アンヌ・ベルトゥロ／村松剛監修／村上伸子（訳）『アーサー王伝説』

Curtius, Ernst Robert / Trask, William R. (tr.), *European Literature and the Latin Middle Ages*. Princeton University Press, 1973.

Day, M.L.& Lagorio,V., 'Arthurian romances in latin: a survey', in *King Arthur through the Ages*. New York, Garland, 1990, pp.44-55.

_______. *Historia Meriadoci and Arthur and Gorlagon*: two arthurian tales in a unique fifteenth-century collection of latin romances, in *Fifteenth-century Studies*, n° 17, 1990, pp.67-71.

Dronke, Peter, *Medieval Latin and the Rise of European Love-Lyric*. 2vols, Oxford University Press, 1966-68.

Echard, Siân, *Arthurian Narratives in the Latin Tradition*. Cambrige University Press, 1998.

_______. / Lupack, Alan (ed.), 'Hic est Arthur': Reading Latin and Reading Arthur', in *New Directions in Arthurian Studies*. D.S.Brewer, 2000, pp.49-67.

_______. *The Arthur of Medieval Latin Literature*. University of Wales Press, 2011.

Ford, Patick K. (tr.), *The Mabinogi and other Medieval Welsh Tales*. University of California Press, 1977.

France, John, *Mercenaries and Paid Men:The Mercenary Identity in the Middle Ages (Smithonian History of Warfare)*. Brill Acadmy Pub, 2008.

Gardner, Edmund G., *Arthurian Legend in Italian Literature*. New York, Octagon Books, 1910, 1971.

Geoffrey of Monmouth, Thorpe, Lewis (tr.), *The History of the Kings of Britain.* (Penguin Classics), 1997.

Jankula, Karen, *Geoffrey of Monmouth*. University of Wales, 2010.

Krappe, Alexander Haggery, 'Arthur and Gorlagon' *Speculum* n° 8,1933, pp.209-22.

Krueger, Roberta L., *The Cambridge Companion to Medieval Romance*. Cambridge University Press, 2000.

Lacy, Norris J. and Wilhelm, James (ed.), *The Romance of Arthur: An Anthology of Medieval Texts in Translation*. Routledge, 2013.

_______. (ed.), *A History of Arthurian Scholorship*. D.S. Brewer, 2006.

_______. et al (eds.), *New Arthurian Encyclopedia.* Garland, 1999.

Larkin, Peter, 'A Suggestive Author for *De ortu Waluuanii and Historia Meriadoci: Ranulph Higden*,' *Journal of English and Germani Philology* n°

参考文献抄

Ⅰ．校訂本抄

(1) Bruce, James Douglas (ed.), *Vita Meriadoci, an Arthurian Romance. PMLA* 15 (1900): 327-414.

(2) ________ (ed.), *Historia Meriadoci and De ortu Waluuanii: Two Arthurian Romances of the XIII Century in Latin Prose. Hesperia 2*. Göttingen: Dandenhoed & Ruprecht, 1939.

(3) Day, Mildred Leake (ed.& tr.), *The Story of Meriadoc, King of Cambria: Historia Meriadoci Regis Cambrie*. New York, Garland Publishing, Inc., 1984.

(4) ________ (ed. & tr.), *Latin Arthurian Literature*. D.S.Brewer, 2005.

(5) Walter, Philippe et als., *Arthur, Gauvain et Mériadoc; Récits arthuriens latins du XIIIe Siécle*. ELLUG Université Stendhal Grenoble, 2007.

Ⅱ．欧文関連文献抄

Allaire, Gloria and Psaki, F.Regina (ed.), *The Arthur of the Italians: The Arthurian Legend in Medieval Italian Literature and Culture*. University of Wales Press, 2014.

Archbald, Elizabeth & Johnson, David F. (eds.), *Arthurian Literature*. D.S.Brewer, 2010.

Archbald, Elizabeth and Putter, Ad (ed.), *The Cambridge Companion to the Arthurian Legend*. Cambridge University Press, 2009.

Bolton,W.F., *A History of Anglo-Latin Literature 597-1066, l:597-740.* Princeton, NJ, 1967, 2010.

Bromwich, Rachel A.O.H.et al (ed.), *The Arthur of the Welsh: The Arthurian Legend in Medieval Welsh Literature*. University of Wales Press, 1991.

Bruce, Christopher W., *The Arthurian Name Dictionary*. Garland,1999.

Bruce, James Douglas, *The Evolution of Arthurian Romance from the Beginning down to the Year 1300*. rpt. Glouceter, MA: Peter Smith, 1958.

Cannon, Christopher & Nolan, Maura (ed.), *Medieval Latin and Middle English Literature*. D.S.Brewer, Cambridge, 2011.

Carey, John, 'Werewolves in Medieval Ireland' *Cambrian Medieval Celtic Studies* n° 44 (2002), p.37-72.

†訳者

瀬谷　幸男（せや・ゆきお）

1942年福島県生まれ。1964年慶應義塾大文学部英文科卒業、1968年同大学大学院文学研究科英文学専攻修士課程修了。1979～1980年オックスフォード大学留学。武蔵大学、慶應義塾大学各兼任講師、北里大学教授など歴任。現在は主として、中世ラテン文学の研究、翻訳に携わる。主な訳書にA.カペルラーヌス『宮廷風恋愛について―ヨーロッパ中世の恋愛術指南の書―』（南雲堂、1993)、『完訳 ケンブリッジ歌謡集―中世ラテン詞華集―』(1997)、ロタリオ・デイ・セニ『人間の悲惨な境遇について』(1999)、G.チョーサー『中世英語版 薔薇物語』(2001)、ガルテース・デ・カステリオーネ『アレクサンドロス大王の歌―中世ラテン叙事詩』(2005)、W.マップ他『ジャンキンの悪妻の書―中世アンティフェミニズム文学伝統』(2006)、ジェフリー・オヴ・モンマス『ブリタニア列王史―アーサー王ロマンス原拠の書』(2007)、『放浪学僧の歌―中世ラテン俗謡集』(2009)、ジェフリー・オヴ・モンマス『マーリンの生涯―中世ラテン叙事詩』(2009)（以上、南雲堂フェニックス）、P.ドロンケ『中世ラテンとヨーロッパ恋愛抒情詩の起源』（監・訳、2012)、W.マップ『宮廷人の閑話―中世ラテン綺譚集』(2014)、『シチリア派恋愛抒情詩選―中世イタリア詞華集』(2015)『中世ラテン騎士物語―アーサーの甥ガウェインの成長記』『完訳 中世イタリア民間説話集』(2016)、ジョヴァンニ・ボッカッチョ『名婦列伝』(2017)（以上、論創社）がある。また、S.カンドウ『羅和字典』の復刻監修・解説（南雲堂フェニックス、1995)、その他がある。

中世ラテン騎士物語 カンブリア王メリアドクスの物語

2019年5月10日　初版第1刷印刷
2019年5月20日　初版第1刷発行

訳　者　瀬谷　幸男

発行者　森下　紀夫

発行所　論創社

東京都千代田区神田神保町2-23　北井ビル
tel. 03（3264）5254　fax. 03（3264）5232
web. http://www.ronso.co.jp/
振替口座　00160-1-155266

装幀／奥定泰之
組版／フレックスアート
印刷・製本／中央精版印刷
ISBN978-4-8460-1812-2　